Diogenes Taschenbuch 21857

Georges Simenon

Die Pitards

Roman

Deutsch von

Ingrid Altrichter

Diogenes

Titel der Originalausgabe:
›Les Pitards‹

Deutsche Erstausgabe

100/90/43/1
ISBN 3 257 21857 5

1

Das *Journal de Rouen* meldete in der Rubrik »Neues vom Hafen«: *Die* Himmeldonnerwetter *unter Kapitän Lannec ist mit 500 Tonnen Stückgut nach Hamburg ausgelaufen ...*

Der Lotsendienst von Rouen telefonierte mit dem Lotsendienst von Villequier: »In zwei Stunden kriegt ihr die *Himmeldonnerwetter* mit 'nem Tiefgang von drei Meter fünfzig. Richtet dem Bootsmann aus, daß sein Cousin aus Paimpol gerade angekommen ist und ihn grüßen läßt ...«

»Wird gemacht! Übrigens, die *Picardie*, die wir euch flußaufwärts angekündigt haben, ist inzwischen in La Vacquerie vor Anker gegangen ...«

»Ist's kalt bei euch?«

»Ja, ziemlich! Gute Nacht ...«

Schon zum dritten Mal faßte sich Mathilde Lannec mit der Hand an den Mund und legte ein kleines grünliches Knäuel aus den Fäden der grünen Bohnen, auf denen sie herumgekaut hatte, an den Rand ihres Tellers.

Lannec tat so, als sehe er es nicht, als höre er auch den Seufzer nicht, den sie dabei ausstieß, doch Augenblicke später konnte er sich nicht mehr beherrschen und zwinkerte Mathias, seinem Leitenden Ingenieur zu, der während des Essens noch kein Wort gesagt hatte.

Sie saßen zu viert am Tisch in der Offiziersmesse: Émile Lannec und seine Frau, Mathias und schließlich noch Paul, der Funker mit dem Glasauge, der auch nicht gesprächiger war als sein Nebenmann.

Der Erste Offizier an Bord, Moinard, ging unterdessen auf der Kommandobrücke Wache, und weil der Regen einen nahezu undurchsichtigen Vorhang bildete, hatte man den Zweiten Offizier in den Ausguck auf dem Vorschiff geschickt.

»Es müssen stärkere Lampen eingeschraubt werden«, hatte Mathilde verlangt, während ein Rindsragout aufgetragen wurde.

Die Messe war tatsächlich nicht sehr gut beleuchtet, und man konnte auf die gelblich glimmenden Fäden in den Glühbirnen schauen, ohne daß sie einen blendeten. Lannec hatte seinen Leitenden Ingenieur angesehen, und der hatte sich am Kopf gekratzt.

»Ich hab bloß keine anderen Lampen an Bord!«

»Denk dran, in Hamburg welche zu kaufen!«

»Ich fürchte bloß, dafür sind die Leitungen zu schwach!«

Madame Lannec war verstummt, doch sie hatte die Stirn gerunzelt und versucht, sich einen Reim darauf zu machen. Trieben sie etwa ihren Spaß mit ihr? Nicht direkt. Dennoch lag so etwas in der Luft.

Ihr Mann war in einer merkwürdigen Stimmung. Selten hatte sie ihn so heiter erlebt, oder vielmehr so unbekümmert.

Als sie zum Beispiel ihr Glas gegen das Licht gehalten hatte, weil es mit Fingerabdrücken ganz verschmiert war, da hatte er gerufen:

»Campois!«

Das war der Steward, der aus Fécamp stammte und deshalb Fécampois oder kurz Campois genannt wurde.

»Paß in Zukunft auf, daß die Gläser richtig poliert werden, ist das klar?«

Nur, er hatte das so sanft und mit einem leicht ironischen Unterton gesagt, daß sich der Anpfiff wie ein Kompliment angehört hatte.

Die Heizung lief auf Hochtouren. Von Zeit zu Zeit lauschte Mathias auf das Stampfen der Maschine, das die Wände erzittern ließ.

Lannec hingegen horchte auf, sobald er die Ketten der Ruderanlage knarren hörte.

»Wir fahren jetzt in die Schleife von Heurtanville hinein«, verkündete er.

Oder:

»Jetzt sind wir beim Leuchtfeuer von Les Meules...«

Dabei konnte er nichts sehen, denn die Vorhänge an den regennassen Bullaugen waren zugezogen. Die Luft war so feucht, daß Wassertropfen wie Schweiß an den lackierten Wänden hinabperlten.

Der einäugige Funker und der Leitende Ingenieur hatten sich Madame Lannec zu Ehren Kragen angeknöpft und trugen Krawatten, doch Lannec hatte sich dazu nicht überwinden können. Über seinem Hemd, unter dem sich deutlich der gewölbte Magen eines starken Essers abzeichnete, stand die Seemannsjacke aus schwerem blauem Tuch offen. Er stützte sich mit den Ellbogen auf den Tisch und beugte sich, als er die Suppe löffelte, über den Teller.

Ein vertrauter Geruch hing in der Luft, eine Mischung

aus Küchendüften, Maschinenöl und den Körperausdünstungen der vier Männer, deren Kammern von der Messe abgingen.

»Ich bin gleich wieder da«, erklärte Lannec, während er aufstand und im Vorübergehen nach seiner Öljacke griff.

Sie erreichten Villequier. Der Frachter war langsamer geworden, um den Lotsen auszuwechseln. Trotz seines Südwesters triefte der Kapitän vor eiskaltem Wasser, noch ehe er auf der Brücke eintraf.

Der Erste Offizier, Moinard, stand reglos im Halbdunkel neben dem Rudergänger. Der Lotse knöpfte sich nun ebenfalls die Öljacke zu.

»Einen Schluck Calvados?«

Lannec betrat das Kartenhaus und füllte zwei Gläser.

»Wer übernimmt uns denn jetzt?«

»Der dicke Pérault.«

»Ist der noch nicht pensioniert?«

Von der Seine, auf der sie flußabwärts fuhren, war nichts zu erkennen. Nach den heftigen Regengüssen nieselte es zwar jetzt nur noch, aber alles war in Dunst gehüllt, und irgendwo in diesem Dunst flimmerten ein paar Lichter wie Augen hinter einem Tränenflor.

»Auf Ihr Wohl! Noch einen zum Nachspülen ...«

Ein kleines Boot kam im Dunkeln längsseits. Der Lotse kletterte die Jakobsleiter hinunter; eine andere vor Nässe glänzende Gestalt stieg über die Reling und näherte sich der Kommandobrücke.

»Ist's windig draußen?« fragte Lannec den neuen Lotsen, der gerade ein Schiff bis zum offenen Meer begleitet hatte.

»Es schaukelt ganz schön.«

Lannec konnte sich nicht dazu entschließen, wieder in die Messe hinunterzugehen. Hier fühlte er sich wohler, hinter den nassen Scheiben der Kommandobrücke, wo nur die Lampe am Kompaß einen schwachen Lichtschein verbreitete.

Er mochte es gern, wenn er in der Dunkelheit mehr ahnte als sah, wie der Rudergänger reglos am Steuer stand, Moinard aufmerksam das Gesicht der Glasscheibe zuwandte und der Lotse eine Pfeife stopfte und dabei brummte:

»Ruder Backbord! Vorsicht, da muß irgendwo ein Fischerboot sein ...«

Lannec stellte sich neben Moinard und seufzte.

»Also weißt du, unten macht es wirklich keinen Spaß!«

Natürlich sagte Moinard darauf nichts. Er sagte nie etwas. Er blickte unverwandt geradeaus, doch das hieß nicht, daß er es nicht gehört hätte.

»Hat jemand mein Feuerzeug gesehen?«

Er ging wieder ins Kartenhaus, in dem ein schmaler Diwan und ein mit Karten übersäter Tisch standen. Dort machte er Licht, fand sein Feuerzeug und streckte die Hand nach einem Stück kariertem Papier aus, das er, um es genauer zu sehen, dicht an die Lampe halten mußte.

»Moinard!« rief er daraufhin.

»Ja.«

»Warst du hier drinnen?«

»Nein.«

»Hast du wen reingehen sehen?«

»Nein, niemand.«

Lannec murrte etwas, steckte das Papier in die Tasche und stieg wieder in die Messe hinunter.

»Du solltest schlafen gehen«, sagte er zu seiner Frau. »Ich muß gleich meine Wache übernehmen.«

Der Leitende Ingenieur hatte den Tisch verlassen und war zu seiner Maschine zurückgekehrt. Der Funker war aus Höflichkeit noch geblieben. Das Tischtuch hatte man inzwischen gegen eine billardgrüne Decke ausgetauscht, die der Messe den Anschein eines Salons verleihen sollte.

»Ist hoher Seegang zu erwarten?« fragte Mathilde, sobald sie mit ihrem Mann allein war.

»Kaum. Aber im Kanal wird er dafür um so höher sein.«

»Man könnte meinen, das freut dich.«

»Mich? Nicht im geringsten.«

»Gib doch zu, daß du dich ärgerst, weil ich an Bord bin!«

»Aber nein ...«

Er protestierte halbherzig, schob eine Kabinentür auf und küßte seine Frau auf die Stirn.

»Falls du etwas brauchst, klingelst du einfach.«

»Kommt dann der Bursche mit den schmutzigen Händen?«

»Ich werde ihm sagen, daß er sich die Hände waschen soll.«

»Ich habe es kaum über mich gebracht, etwas zu essen.«

»Natürlich!«

»Natürlich was?«

»Natürlich nichts!«

Oder alles! Es war ein lächerlicher Einfall gewesen, an Bord leben zu wollen. In zwei Jahren Ehe hatte Mathilde Zeit gehabt, sich daran zu gewöhnen, daß ihr Mann ständig fort war, denn er war weiterhin zur See gefahren.

Aber das hatte er nun davon! Jetzt besaß er ein eigenes Schiff! Er war nicht mehr bloß Kapitän, sondern Reeder, und sie hatte darauf bestanden, ihn zu begleiten.

»Gute Nacht.«

»Gleichfalls!«

Er blieb allein, kratzte sich die unrasierten Wangen und goß ein Glas Wasser ein. Er hatte einen Kater. Am vergangenen Abend hatte er in Rouen, im ›Café de Paris‹, mit ein paar Leuten den neuen Frachter begossen oder vielmehr den Frachter, der seinen Besitzer gewechselt hatte.

Es war ein altes englisches Dampfschiff, das schon sechzig Jahre unter dem Namen *Busiris* gefahren war.

»Wie sollen wir es nennen?« hatte Lannec sich gefragt, als er es gekauft hatte. »Himmeldonnerwetter! Ich möchte ihm einen Namen geben, der nicht alltäglich ist!«

Himmeldonnerwetter! Das war sein Lieblingsfluch.

»Nenn es doch *Himmeldonnerwetter*!«

Auch das war an einem Abend gewesen, an dem sie ziemlich angesäuselt waren, und Lannec hatte mit der Faust auf den Tisch geschlagen.

»Das tue ich, wollen wir wetten?«

»Wetten, daß du umfällst?«

»Wetten, daß ich nicht umfalle!«

Er war nicht umgefallen, trotz der Tränen seiner Frau und seiner Schwiegermutter.

»Mir scheint, da habe ich auch noch ein Wörtchen mitzureden«, hatte die Schwiegermutter eingewandt.

Ja, leider! Leider und noch einmal leider! Lannec und Moinard hatten für den Kauf des Schiffes zusammengelegt, doch sie hatten nicht genügend Geld aufgetrieben, um die ganze Summe bar zu bezahlen. Die Bank, die ihnen den Rest vorstreckte, hatte darauf bestanden, daß eine nachweislich zahlungsfähige Person für sie bürgte.

Nun, Schwiegermutter Pitard, die Witwe war, besaß zwei Wohnhäuser in Caen und eine Villa in Riva-Bella.

Sie hatte diese Bürgschaft übernommen, und so kam es, daß sie sich ebenfalls als Eignerin der *Himmeldonnerwetter* betrachtete.

Wer weiß, ob nicht sie ihrer Tochter geraten hatte, mit an Bord zu gehen, um die beiden Männer zu überwachen?

Während Lannec, immer noch in seinem Ölzeug, gierig trank, tauchte der Zweite Offizier auf, Monsieur Gilles, ein junger Mann aus Paris mit einem kleinen Schnurrbart.

»Klart es auf?«

»Nicht besonders. Ich baue mir jetzt meine Koje.«

Noch ein Problem! Mathilde hatte eine Kabine für sich allein haben wollen, und so hatte Lannec alles umorganisieren, ihr Moinards Kammer und Moinard die Kammer von Monsieur Gilles geben müssen, für den schließlich nur die gepolsterte Sitzbank in der Messe übriggeblieben war.

Und nun kam er mit einer Matratze und Decken an und begann, sich sein Nachtlager zu richten.

»Na gut! Ich geh rauf«, sagte Lannec seufzend.

Die *Himmeldonnerwetter* war ein schönes Schiff, darin waren sich am vergangenen Abend alle einig gewesen. Ein Schiff, wie man es heutzutage nicht mehr baute, weil inzwischen am Material gespart wurde. Selbst sein altmodischer, schlanker Schornstein gefiel Lannec. Er hielt ihn für originell.

Auf der Treppe begegnete er dem Campois und zwinkerte ihm zu. Als er bereits an ihm vorüber war, besann er sich und ermahnte ihn:

»Hör mal, du wirst dir jetzt die Hände öfter waschen müssen.«

Lannec, der nicht gerade hochgewachsen war, hatte die breiten Kinnbacken der Bretonen und kleine, verschmitzte Augen. Auf Deck stützte er sich erst einmal für einen Moment mit den Ellbogen auf die Reling und erkannte in der Ferne das Leuchtfeuer von Courval. Vor der *Himmeldonnerwetter* zog ein gewaltiger Tanker die Seine hinunter; oben auf der Brücke streckte Moinard wohl gerade den Arm nach dem Griff der Sirene aus, denn es ertönte ein langgezogener Pfeifton, dem zwei kurze folgten.

Sie passierten also an Backbord.

»Wer kann das bloß geschrieben haben?« brummelte Lannec, während er den karierten Zettel in seiner Tasche zerknüllte.

In Gedanken ging er die Freunde vom Abend zuvor durch. Freunde? Nicht direkt. Leute eben, mit denen man gern einen trinkt, wie der Schiffsmakler Bernheim, der ihm die Fracht verschafft hatte, dann der Hafenmeister, der Eigner eines Schleppers, ein Zollbeamter...

»Mit einem alten Schiff fängt man an, Himmeldonnerwetter noch mal! Und am Ende hat man eine ganze Flotte wie Fabre oder Worms!« hatte er ihnen erklärt.

Daß er aufgekratzt gewesen war, hatte weniger daran gelegen, daß er zuviel getrunken hatte, sondern an der Atmosphäre in dem hell erleuchteten Wirtshaus, an den Männern, mit denen er zusammensaß, am Klappern der Untersetzer, am verschwörerischen Lächeln des Kellners. Lannec hatte das Gefühl gehabt, über sich hinauszuwachsen. Man hatte ihn im ganzen Saal hören können, und je mehr er redete, desto mehr kam er in Fahrt.

»Stellt euch das mal vor! Mein Vater war ein einfacher Kabeljaufischer. Ich hab mit fünfzehn als Schiffsjunge angeheuert und jetzt ...«

Er zuckte mit den Schultern. Es berührt einen immer peinlich, wenn man darüber nachdenkt, was man in solchen Augenblicken erzählt hat. Der Regen auf seinem Gesicht tat ihm gut. Ehe er die Kommandobrücke erklomm, steckte er seinen Kopf noch in den Maschinenraum. Sehr weit unter ihm blinkte Stahlgestänge auf, das sich lautlos bewegte, während ein schwacher Geruch nach warmem Öl zu ihm emporstieg. Mathias, der Leitende Ingenieur, sprach mit dem Mann, der Nachtwache hatte.

»Wie läuft's?«

»Läuft prima!«

Sollte sich jemand erdreistet haben, *seine* Maschine zu sabotieren? Er traf auf der Brücke ein und ging auf den Lotsen zu, der nur noch eine Viertelstunde an Bord bleiben würde.

»Einen kleinen Calvados?«

Das war ein Ritual, das er völlig gedankenlos vollzog.

Er füllte zwei Gläser, wie beim ersten Lotsen. Moinard warf ihm einen Blick zu, der hieß:

»Kann ich hinuntergehen?«

Ein wackerer Mann, dieser Moinard, der sich mit seiner Stellung als Erster Offizier zufriedengab, als ob ihm nicht auch eine Hälfte des Schiffes gehörte.

»Wart noch einen Moment!«

Die Seine wurde breiter. Trotz des Regens, der nun wieder dichter fiel, war ein gedämpfter Lichtschein über Le Havre zu erkennen, und die Fischerboote rund um die Sprottenbänke wurden zahlreicher.

»Was sagt man denn in Rouen dazu, daß ich jetzt mein eigenes Schiff habe?«

»Daß Sie ein Glückspilz sind!« antwortete der Lotse gelassen, während er selbst das Steuerrad um ein Viertel drehte.

»Gibt es keine Neider?«

»Die gibt es immer.«

»Wer zum Beispiel?«

»Ach wissen Sie, da horche ich nicht so genau hin ...«

»Noch einen zum Nachspülen?«

Die Gläser klirrten. Dann pfiff der Lotse nach dem Boot, das ihn wieder aufnehmen sollte.

»Wie man hört, haben Sie Ihre Frau dabei? So wie manche Engländer. Na, vielleicht hat das ja sein Gutes ...«

Ihre Gedanken kreisten um ganz andere Dinge, als sie die spärlichen Lichter im feuchten Nebel betrachteten.

»Da sind ja meine Leute schon! Maschine langsam zurück!«

Moinard bediente den Maschinentelegrafen. Das

Schiff verminderte trotz der Strömung seine Fahrt, und es drangen Stimmen durch die Nacht, dann folgte ein leichter Schlag gegen die Bordwand.

»Bis bald!« sagte der Lotse und reichte dem Kapitän die Hand.

»Bis bald!«

Noch ein kurzes Manöver, und einige Minuten später war die *Himmeldonnerwetter* endlich im offenen Meer. Lannec gab den Befehl: »Volle Kraft voraus!«

Er stach wirklich mit seinem eigenen Schiff in See! Er blinzelte zum Leuchtturm von La Hève hinüber, den er schon so viele Male angepeilt hatte, und er fand ein Quentchen seiner Begeisterung der vergangenen Nacht wieder.

»Georges!«

Nur selten nannte er Moinard beim Vornamen.

»Da hat mir doch irgendein Schuft einen Streich spielen wollen.«

Während er das sagte, reichte er seinem Ersten Offizier den Zettel, den er im Kartenhaus gefunden hatte.

»Lies das mal!«

Erneut schimmerte die kleine Lampe über den Karten. Lannec vergewisserte sich, daß sie den richtigen Kurs hielten und daß vor ihnen nichts in Sicht war außer dem Überseedampfer, dessen Positionslichter in der Ferne zu erkennen waren.

»Was sagst du dazu? Meinst du, das war ein Schwachkopf, der glaubt, er könnte uns Angst einjagen?«

Moinard drehte und wendete das Papier hin und her, auf dem, mit Tinte geschrieben, folgende Sätze standen:

Bild dir nicht zuviel ein! Jemand, der weiß, wovon er spricht, prophezeit Dir, daß die Himmeldonnerwetter *ihren sicheren Hafen nicht erreichen wird. Dieser Jemand gibt sich die Ehre, Dir seine besten Grüße zu entbieten. Empfehlungen an Mathilde!*

»Er kennt meine Frau«, bemerkte Lannec, dem diese Einzelheit zunächst gar nicht aufgefallen war.

Dabei wohnte sie nicht in Rouen, sondern in Caen, wo ihre Mutter dem jungen Paar ein Appartement in einem ihrer Mietshäuser abgetreten hatte.

»Ein schlechter Scherz, meinst du nicht?«

»Man kann nie wissen«, sagte Moinard mit einem Seufzer, schien sich aber nicht übermäßig zu beunruhigen.

»Was könnten sie denn unternehmen? Die Maschine sabotieren?«

Jetzt, da er es in Gefahr wähnte, überkam ihn plötzlich ein Gefühl der Zärtlichkeit für sein altes Schiff. Er redete von seinen verschiedenen Bestandteilen, wie er von den Reizen einer Frau geredet hätte.

»Ob ihr Ruder etwas hat? Aber das hätten wir schon gemerkt. Also ihr Rumpf, der ist stabil ...«

Da zuckte er jäh zusammen, lachte jedoch gleich darauf schallend. Er war erschrocken, als er ganz in seiner Nähe auf der vorderen Ladeluke ein ungewöhnliches Geräusch vernommen hatte, das er einen Moment lang nicht einzuordnen wußte.

Es war das Blöken einer Kuh gewesen!

»Die hatte ich ganz vergessen ...«

Sie hatten zwei Kühe an Bord, zwei auf dem offenen

Deck festgebundene, feiste Kühe aus der Normandie, die sie nach Hamburg befördern sollten. Ein Matrose hatte, so gut es eben ging, eine Zeltplane über die Tiere gespannt, aber dennoch zeichneten sich auf ihren schwarzweißen Flanken bereits nasse Flecken ab.

Nun brüllten sie eben, vielleicht aus Angst vor dem unbekannten, geheimnisvollen Meer.

»Gar nicht komisch, was?«

Kaum daß sie das Mündungsgebiet verlassen hatten, begann das Schiff in gewohnter Weise zu schaukeln, und man hörte die Wellen gegen den Vordersteven klatschen.

»Wetten, daß meine Frau jetzt aufsteht!«

Er hatte sich nicht getäuscht. Unten öffnete Mathilde, bereits im Nachthemd, einen Spaltbreit ihre Kabinentür und sah sich in der dunklen Messe suchend um. Schließlich entdeckte sie den hellen Deckenberg, unter dem Monsieur Gilles auf seiner Bank lag, und fragte:

»Sind wir jetzt auf See?«

Doch Monsieur Gilles schlief schon und drehte sich nur mit einem Seufzer auf die andere Seite.

»Émile!« rief Mathilde mit gedämpfter Stimme.

Sie spitzte die Ohren, hörte aber nichts. So kehrte sie in ihre Kabine zurück und konnte eine Stunde lang nicht wieder einschlafen. Sie hatte die Lampe brennen lassen. Ihr Blick glitt über die lackierten Wände und blieb an unzähligen Schmutzstellen hängen.

»Die müssen mal gründlich gewaschen werden ...«

Auch der Teppich mit dem roten Rankenmuster war schmutzig, mit dunklen Flecken übersät, von denen sich nichteinmal mehr erahnen ließ, woher sie stammten.

Und dann war da noch dieser Geruch, an den sie sich nicht gewöhnen konnte. Die Kabinenwände waren wohl nicht ganz dicht, und durch die Fugen und Ritzen drang der Gestank nach verbranntem Öl und Kohlen herein.

»Würde es dir etwas ausmachen, noch einen Moment auf Wache zu bleiben?« sagte Lannec zu Moinard.

Es verdroß ihn, das zu tun, was er nun gleich tun würde, doch er kam nicht dagegen an. Er stieg zunächst in den Maschinenraum hinunter, wo er nur einen Maschinisten antraf, denn Mathias war schon schlafen gegangen.

»Ist dir irgend etwas Ungewöhnliches aufgefallen?«

»Nein, Käpt'n. Nur, daß das Öl, das sie uns in Rouen geliefert haben, zu dünn ist. Wir verbrauchen mehr...«

Aufmerksam betrachtete Lannec die Pleuelstangen, den Generator und schlich dann in den Kesselraum, wo zwei Männer in der Kohle saßen.

»Wie geht's?«

»Danke gut, Käpt'n.«

Eisige, mit Regentropfen durchsetzte Luft strömte aus dem Belüftungsschacht, so daß sie einem, wenn man durch den Raum ging, plötzlich inmitten bulliger Hitze unerwartet kalt entgegenschlug.

Lannec wäre beinahe umgekehrt, zwängte sich dann aber doch durch ein enges Mannloch und gelangte in den langen Wellentunnel.

Hier war kein einziger Tropfen Wasser zu sehen. Die Welle lief rund. Die Stopfbuchsen schwitzten nicht.

Bevor Lannec sich auf den Rückweg zur Brücke machte, öffnete er noch die Tür zur Messe, nahm die

Umrisse des schlafenden Monsieur Gilles wahr und sah einen Lichtstreifen unter der Tür seiner Frau durchschimmern. Er hätte hineingehen und ihr noch einen Kuß geben können, aber er verzog sich lieber.

»Das war sicher nur ein Witzbold!« beruhigte er sich von neuem.

Er lächelte den beiden Kühen zu, die ihn mit verängstigten Augen anglotzten, und schüttelte sein Ölzeug aus, ehe er sich wieder zu Moinard begab.

»War sicher ein Witzbold!« sagte er noch einmal zu Moinard.

»Kann ich jetzt runtergehen?« fragte der Erste Offizier.

»Ja, gute Nacht! Und versuch meine Frau nicht aufzuwecken! Sie muß bei Licht eingeschlafen sein.«

Dann stopfte er sich eine Pfeife und ließ seinen Blick über den Horizont schweifen. Sie waren inzwischen auf der Höhe des Leuchtfeuers vom Cap de la Hève, und in der Ferne war schon das Blinken des Leuchtturms von Antifer auszumachen.

Danach würde Fécamp kommen, dann Saint-Valéry, Dieppe, Boulogne ... Die Uhr zeigte auf Mitternacht. Da huschte eine dunkle Gestalt lautlos auf die Brücke und nahm den Platz des Rudergängers ein, der, ehe er sich zurückzog, wie im Traum murmelte:

»Kurs Nordnordost.«

»Kurs Nordnordost«, wiederholte der andere im gleichen Tonfall.

Lannecs Pfeife knisterte, während er seine Stirn gegen die feuchte Scheibe drückte und hinter sich den Mann spürte, der ruhig und gelassen am Ruder stand.

Auf einmal polterte es an Deck, als wäre etwas Schweres zu Boden gefallen: eine der beiden Kühe hatte sich in ihr Schicksal ergeben und hingelegt.

2

Kurz vor elf Uhr vormittags kam Dungeness, das erste Kap der englischen Küste in Sicht. Der Regen hatte den Himmel blankgewaschen, der in sanftem Blau erstrahlte, und schon seit dem Morgen fuhren sie an den weißen Kreidefelsen der Normandie entlang.

Lannec hatte sich um sechs Uhr früh schlafen gelegt. Nun tauchte er an Deck auf, mit Pantoffeln an den nackten Füßen, in Hosenträgern, unrasiert und mit noch ganz verschlafenen Augen.

Der Campois hatte ihn weder wecken noch ihm sagen müssen, wo sie sich befanden. Ein rascher Blick zur englischen Küste, einer zur französischen, dann gähnte er und deutete mit einer Handbewegung an, das Ruder mehr nach Backbord zu legen.

Die *Himmeldonnerwetter* fuhr in den Bereich der Sandbänke ein: Vergoyer, Bullock, Les Ridens, Le Colbart und andere mehr, unsichtbare Sandbänke, die den Großteil der Straße von Dover versperren.

Monsieur Gilles ging Wache. Er sah schon am Morgen elegant und gepflegt aus.

»Was war denn das vorhin für ein Umtrieb da unten?« erkundigte sich Lannec, über die Karte gebeugt.

»Weiß ich nicht. Ich habe nichts gehört.«

Der Kapitän beugte sich über den Niedergang und schrie hinunter:

»Campois! Meinen Kaffee, Himmeldonnerwetter noch mal!«

Die Luft war kühl. Lannec ging auf und ab, damit ihm warm wurde, und dabei beobachtete er eine Stelle, an der das Meer schäumte und die erste Sandbank verriet. Moinard schlief noch. Ein Maschinist hatte an Deck einen Schraubstock aufgestellt und feilte an einem Metallstück herum, daß es nur so knirschte.

»Sind die Kühe versorgt worden?«

Das Deck war immer noch feucht, und feucht war auch alles, was man anfaßte. Trotz des klaren Himmels kam es einem so vor, als habe die Luft selbst noch keine Zeit zum Trocknen gehabt.

»Was für Schiffe sind uns bisher begegnet?«

»Zwei Deutsche und 'n paar englische Kohlefrachter.«

Lannec wurde ungeduldig. Noch nie hatte der Fécampois so lange gebraucht, um ihm seinen Kaffee zu bringen, und als er endlich aufkreuzte, war seine Miene noch düsterer als gewöhnlich.

Er war ein magerer Bursche unbestimmten Alters, der kein Eigenleben zu haben schien und ständig mit gottergebenem Gesicht herumlief, der sich weder über Schicksalsschläge wunderte, noch versuchte, ihnen auszuweichen, als ob es in der Natur der Dinge läge, daß man Prügel bezieht.

»Wo kommst du denn her?«

»Aus der Kombüse, Käpt'n.«

Unwillkürlich betrachtete Lannec die mit einer Bürste rotgeschrubbten Hände des Stewards.

»Was war denn das für ein Krach, den ich da heute morgen gehört hab?«

»Weiß ich nicht.«

»Ist meine Frau schon auf?«

Der Fécampois nickte, und sein Blick war so beredt, daß sich Lannec ein Grinsen nicht verkneifen konnte. Er trank seinen Kaffee in kleinen Schlucken, wobei er unablässig den Horizont im Auge behielt.

»Wann hat sie dich gerufen?«

»Um acht, da hat sie ihren Milchkaffee verlangt.«

Lannec spürte, daß es damit nicht getan war, und fragte weiter:

»Und dann?«

»Da hat sie mich gerufen, weil sie warmes Wasser wollte.«

Monsieur Gilles lauschte, ohne es sich anmerken zu lassen, schaute weg und grinste ebenfalls.

»Und danach?«

»Danach hat sie mich noch einmal gerufen und warmes Wasser und Sandseife verlangt.«

»Sandseife?«

»Ja, und Putzlappen. Sie hat mich die Kabinenwände waschen lassen.«

Man mußte ihm Satz für Satz mühsam entlocken.

»War sonst noch etwas?«

Der Campois antwortete nicht. Er blieb stehen und wartete auf die leere Tasse, dabei schaute er ebenso geistesabwesend wie unglücklich drein. Monsieur Gilles fand, daß er wie ein kränkelnder Zögling eines Priesterseminars aussah.

»Was ist denn noch passiert?«

Diesmal dauerte es viel länger, bis der Campois sich überwand, den Mund aufzumachen.

»Na ja, in der Nacht, da...«, stammelte er schließlich.

Seine Aufgaben an Bord waren ziemlich vielfältig, denn er war Steward, Kammerdiener und Küchenhilfe in einer Person. Weil er nicht gefräßig, sondern eher ein bescheidener Esser war, hatte man ihm die Aufsicht über die Kombüse anvertraut, in der er auch schlief.

»So rede doch endlich, verdammt noch mal!«

»Das Gespenst hat sich einen Schinken geholt«, stieß er hastig hervor, als jagten ihm seine eigenen Worte noch Angst ein.

»Was? Was erzählst du da?«

Sie wurden von Mathilde Lannec unterbrochen, die auf der Treppe auftauchte, mißtrauisch und steif inmitten einer feindseligen Umgebung.

»Ich habe dich in deiner Kabine gesucht«, wandte sie sich an ihren Mann. »Sind wir schon an Boulogne vorbei?«

»Noch nicht. Es liegt da drüben, bei den vier Funktürmen. Wart einen Augenblick, bis ich die Sache mit dem Gespenst aufgeklärt habe...«

»Gespenst?«

»Raus mit der Sprache, Campois, und schau nicht so dämlich! Was ist das für ein Gespenst?«

»Das Gespenst von der *Busiris*. Als das Schiff noch so hieß, da hat es schon ein Gespenst an Bord gegeben, ein englisches Gespenst...«

»Soso! Und wer hat dir das erzählt?«

Der Campois blickte sich ängstlich um, dann stammelte er:

»Alle. Der Bootsmann...«

Der Bootsmann, dem die Decksmannschaft unterstand, versuchte gerade, die Kühe zu melken.

»Komm doch mal hier rauf!« rief Lannec ihm zu.

Er machte zwar ein finsteres Gesicht, aber seine kleinen Augen lachten. Von Zeit zu Zeit blinzelte er verstohlen seiner Frau und Monsieur Gilles zu.

»Wie's scheint, gibt es also ein Gespenst an Bord, und du hast es gesehen!«

»Ja, letzte Nacht in der Kombüse ...«

»Es hatte doch sicher ein weißes Laken um, nicht wahr?«

Der Campois nickte. Der Bootsmann kam auf die Brücke, blieb abwartend stehen und tat so, als denke er angestrengt über etwas nach.

»Es hat englisch gesprochen«, versicherte der Campois.

»Und es hat einen Schinken fortgetragen, sagst du?«

»Ja, den größten.«

»Die englischen Gespenster müssen wohl gern Schinken essen«, murmelte Lannec versonnen. »Du kannst wieder runtergehen, Campois. Ich werde mich um die Sache kümmern.«

Er ließ das Thema für einen Moment fallen, um den Kurs geringfügig zu korrigieren, dann stopfte er sich die erste Pfeife des Tages und schlug den Kragen seiner Jacke hoch, die er über dem nur halb zugeknöpften Hemd trug.

»Bootsmann!«

»Ja, Käpt'n.«

»Sag dem Gespenst, es soll heute nacht den Schinken wieder zurückbringen!«

»Aber...«

»Und sag ihm noch, wenn das nicht geschieht, werde ich es in Hamburg ausbooten, ohne einen Sou Abfindung...«

»Ich schwöre Ihnen...«

»Geh jetzt und melk deine Kühe!«

Er war gutgelaunt, pflanzte sich vor seiner Frau auf und musterte sie voller Bewunderung von Kopf bis Fuß.

Mathilde Lannec war hübsch. Brünette Haare umrahmten in weichen Wellen ein nicht ganz ebenmäßiges, aber sehr frisches Gesicht, und ihrem Körper haftete der Reiz der Jugend an. Mag sein, daß man ihr einen etwas harten Zug um den Mund nachsagen konnte. Darin ähnelte sie ihrer Mutter und allen Pitards, die Lannec bisher auf Bildern gesehen hatte.

»Gut geschlafen? Sie können hinuntergehen, Gilles!«

»Ich habe genaugenommen überhaupt nicht geschlafen.«

Der Rudergänger, immer und ewig zugegen, stand so reglos hinter ihnen, daß man sich seiner Anwesenheit gar nicht mehr bewußt war.

»Du wirst dich schon an das Leben an Bord gewöhnen«, sagte Lannec leichthin. »Die ersten Tage fühlt man sich fremd...«

»An den Dreck hier werde ich mich nie gewöhnen, dazu müßte sich schon auf dem Schiff etwas ändern. Heute morgen...«

»Ich weiß.«

»Was weißt du?«!

»Du hast dem Campois Beine gemacht, damit er deine

Kabinenwände abseift. Nur, jetzt werden halt die Kartoffeln zu spät gekocht.«

»Darf ich das Personal etwa nicht in Anspruch nehmen?«

Lannec schien es, als husche sogar dem Mann am Ruder ein Lächeln über das Gesicht.

»Doch doch, Liebling, Ich hab ja nur gesagt...«

»Rasierst du dich nicht?«

»Ich bin eben erst auf die Brücke gekommen und habe höchstens vier Stunden geschlafen.«

Allein mit einem Rudergänger, dessen Namen er nichteinmal kannte, hatte er die Nacht hier an dieser Stelle zugebracht und dabei unablässig die durch die Nacht flackernden Leuchtfeuer im Auge behalten. Jetzt runzelte er die Stirn, weil vom Südwesten her Wind aufkam. Noch war er fast unmerklich, trotzdem könnte er in einer Weile das Meer so aufwühlen, daß es die Sandbänke überspülte.

»Was hat es mit diesem Gespenst auf sich?«

Anstatt zu antworten, deutete Lannec auf den Bootsmann, der mit verkniffenem Gesicht hartnäckig am Euter einer Kuh zerrte. Er war noch kleiner und noch stämmiger als Lannec, und mit seiner Stumpfnase sah er aus wie ein Wüstling auf einem Bilderbogen aus Épinal.

»Wofür ist er an Bord zuständig?«

»Er ist der Chef der Decksmannschaft und übernimmt gelegentlich auch die Brückenwache. Bestimmt ist er das Gespenst!«

»Das verstehe ich nicht.«

»Das Biest weiß, daß der Campois abergläubisch wie ein altes Weib ist. Er hat ihm eingeredet, auf dem Schiff gebe es seit eh und je ein Gespenst. Letzte Nacht hat er die Gelegenheit beim Schopf gepackt, ist in die Kombüse geschlichen und hat einen Schinken geklaut, während der Campois nichteinmal im Traum daran dachte, sich dagegen zu wehren ...«

»Er ist ein Dieb!«

»Er ist ein Bootsmann, ein ausgezeichneter Bootsmann.«

»Setzt du ihn nicht vor die Tür?«

Über das Wort »Tür« mußte er in diesem Zusammenhang ebenso schmunzeln wie über Mathildes Entrüstung.

»Heute nacht bringt er den Schinken ja zurück.«

»Ist es damit getan?«

»Ja, damit ist es getan!«

»Du läßt dich also bestehlen?«

»Aber nein, wenn er doch den Schinken zurückbringt.«

»Dann wird er dir etwas anderes stehlen ...«

Er tätschelte ihr liebevoll die Schulter.

»Geh jetzt! Das verstehst du nicht ...«

»Wohin soll ich denn gehen?«

»In die Messe, in deine Kabine, wohin du willst.«

Sobald er allein war, goß er sich das Glas Calvados ein, das er jeden Morgen nach dem Kaffee trank, und mechanisch las er noch einmal den Zettel, den er am Abend zuvor gefunden hatte.

»Verdammter Witzbold!«

Der Wind, der jetzt von hinten kam, hatte so stark aufgebrist, daß er schon schneller war als die *Himmeldonnerwetter*, und das Meer, das eben noch so ruhig gewesen war, hatte Schaumkronen aufgesetzt und sein schimmerndes Grün mit einem ziemlich häßlichen Grau vertauscht.

»Mehr nach Steuerbord!« befahl er dem Rudergänger. »Wir sind gerade auf der Höhe der Vergoyer-Bank.«

Er rauchte gemächlich, in sehr kurzen Zügen. Wieder ging er ins Kartenhaus, holte einen gestrickten Wollschal und strich sich mit dem Handrücken über die feuchten Nasenflügel.

Ohne jeden Grund empfand er das Bedürfnis, sich die Beine zu vertreten, sich zu bewegen und, was ihm selten passierte, mit jemandem zu reden.

»Hinter Dover kriegen wir schlechtes Wetter«, wandte er sich an den Rudergänger, der allerdings nicht antwortete, weil es darauf nichts zu antworten gab.

Lannec goß sich ein zweites Glas Calvados ein und beugte sich vor, um nach den Kühen zu schauen, denen der Bootsmann endlich ihre Ruhe ließ.

Die Luft war noch klar. Allmählich verschwammen die Kreidefelsen der Normandie, aber dafür zeichneten sich am Horizont die Schlote und die Kräne von Boulogne deutlicher ab. Da und dort pflügte ein plumper, schwarzer Fischkutter langsam durch die Wellen.

Lannec dachte nicht an den Witzbold, der ihm den anonymen Brief geschrieben hatte. Er fühlte sich beinahe so unbeschwert wie sonst, denn alles in allem hatte er ein heiteres Gemüt, besonders am Morgen. Sie hatten es auf durchschnittlich acht Knoten gebracht und dank der Strömung sogar auf etwas mehr. Für ein sechzig Jahre altes Schiff machte die *Himmeldonnerwetter* noch ganz anständig Fahrt.

Trotzdem schlenderte er rastlos umher, klopfte seine Pfeife aus, stopfte sie von neuem und spuckte ins Wasser, anstatt wie üblich an seinem Platz zu bleiben. Er spürte eine Leere in sich, etwas, das sich in ihm ausbreitete und das er dennoch nicht genau zu benennen vermochte. War es vielleicht Angst oder eine böse Vorahnung? Nicht einmal! Ein Unbehagen eben, das war alles! War er am Ende nur ein wenig hungrig?

Er ließ sich ein Stück Wurst bringen, das er kaute, während er weiterrauchte.

Offensichtlich hatte er gar keinen Grund dazu, doch er kam nicht dagegen an. Er brauchte Heiterkeit, und als er die Messe betrat, versetzte ihn der Anblick seiner Frau sofort in fröhliche Stimmung.

Ein Sonnenstrahl fiel durch ein Bullauge herein und verlieh Mathilde eine Art Glorienschein. Es war für sechs Personen gedeckt, sie saß jedoch noch allein da, die Ellbogen auf dem Tisch, das Kinn in den Händen, mit verdrießlicher Miene.

»Geklingelt hat es aber schon vor einer Weile«, murrte sie.

»Das war das erste Mal. Horch! Jetzt klingelt es erst das zweite Mal ...«

Monsieur Gilles war auf Wache, doch diesmal nahm Moinard am Tisch Platz, nachdem er sich schweigend und mit solcher Feierlichkeit vor Mathilde verneigt hatte, daß Lannec in schallendes Gelächter ausbrach.

»Großartig! Ich erlaube dir sogar, ihr die Hand zu küssen!«

Er erntete einen giftigen Blick seiner Frau, und leicht betreten wandte er sich dem einäugigen Funker zu, der sich über seinen Teller beugte.

»Verliebt!« dachte Lannec. »Kein Zweifel, unser Paul hat sich in meine Frau verliebt und wird rot wie ein Schulmädchen.«

Der Leitende Ingenieur faltete unterdessen höchst umständlich seine Serviette auseinander.

»Nun denn, Kinder, ich glaube, wir haben alle unbändigen Appetit.«

Er sagte das, um etwas zu sagen, weil er vergnügt war und die anderen um sich herum ebenfalls vergnügt sehen wollte.

»Ich habe keinen Hunger!«

Mathilde natürlich! Lannec runzelte einen Moment lang die Brauen, hätte beinahe etwas erwidert, biß aber statt dessen ein großes Stück von seinem Brot ab.

Noch nie hatte der Campois ein so betrübtes Gesicht gemacht. Es war ihm anzumerken, daß er eine Heidenangst vor Madame Lannec hatte, weshalb er sich besonders ungeschickt anstellte. Als ihm eine Gabel hinuntergefallen war, legte er sie wieder auf den Tisch, und Mathilde verlangte:

»Eine andere!«

Er begriff nicht, was sie meinte.

»Eine andere was?«

»Du sollst noch eine Gabel hinunterschmeißen, du Idiot!« rief Lannec ihm zu.

Das war ihm so herausgerutscht, aber er war der einzige, der darüber lachte, denn seine Frau sah ihn streng an.

»Hör mal, Schätzchen ...«

Ihm war klar, daß er sich in die Nesseln setzte, daß es schiefgehen würde, aber er konnte sich nicht mehr zurückhalten.

»Wenn du unseren Campois weiter so herumkommandierst, dann beschwert er sich noch bei seinem Gespenst. Sei doch ein bißchen fröhlicher, verdammt noch mal! Das Leben ist schön ...«

Sobald er in Fahrt kam, war er nicht mehr zu bremsen. Er wandte sich an den Funker.

»Wie sieht die Wettervorhersage aus, Paul?«

»Ein Tief über Irland ... Mächtige Dünung in der Nordsee ...«

»Na, was hab ich gesagt? Alles bestens!«

»Findest du?«

»Je schlimmer, desto besser.«

Ihm war heiß, er wußte nicht, wie er die Situation retten sollte. Die anderen aßen schweigend, und Mathilde war gereizt, einem Wutausbruch nahe.

»Weißt du, Schätzchen, es ist besser, wenn dir gleich beim ersten Mal der Sturm um die Ohren pfeift. Da wirst du seefest und später ...«

»Mir wäre es sehr lieb, du würdest den Mund halten. Du redest nämlich Unsinn.«

»Danke!«

»Keine Ursache.«

Der Funker wußte nicht, wo er hinschauen sollte, und Moinard aß aus Verlegenheit doppelt so viel wie gewöhnlich.

»Campois! Komm her!«

Lannec hatte noch keine Ahnung, was er tun würde, aber die Stille war ihm unerträglich.

»Zeig mal deine Hände! In Hamburg läßt du dir fünfzig Centimes von mir geben und kaufst eine Nagelfeile!«

Da stand Mathilde seelenruhig auf, ging in ihre Kabine und schloß die Tür zu.

»Das wär's!« sagte Lannec.

Er war wütend und erleichtert zugleich. Er liebte seine Frau und wollte ihr eigentlich nicht weh tun, aber sie hier, mitten in der Messe zu sehen, so unverkennbar eine Pitard ...

Denn es gab eine für die Pitards typische Art sich hinzusetzen, eine für die Pitards typische Art, nach dem Senf zu greifen, das Fleisch zu schneiden oder wie geistesabwesend vor sich hin zu stieren!

»Mir ist der Hunger vergangen«, knurrte er, während er seinen Teller wegschob und sich eine Pfeife stopfte. »Was meinst denn du dazu, Georges?«

Er wußte, daß seine Frau hinter ihrer Tür lauschte, deshalb sprach er absichtlich lauter. Moinard zuckte jedoch nur mit den Schultern.

»Hab ich vielleicht was Böses gesagt? Ich bin gut gelaunt, ich mache Scherze und ...«

Er erhob sich und stapfte mit schweren Schritten an Deck, als wollte er zeigen, wieviel Kraft in ihm steckte. Wenn man schon damit anfing, ihm die Freude an seinem Schiff zu vergällen! ...

Der Himmel bewölkte sich, wurde genauso grau wie das Meer, und eine halbe Meile entfernt zog ein Dampfer vorüber, der regelmäßig zwischen Dieppe und Newhaven verkehrte und auf dessen Deck sich die Passagiere drängten. Um diese Zeit gönnte sich Lannec für gewöhnlich zwei Stunden Ruhe. Trotzdem harrte er noch aus, bis die Offiziere mit dem Essen fertig waren und die Messe verließen.

Als er eintrat, räumte der Campois gerade den Tisch ab. Ohne ihn anzusprechen, wartete Lannec ab und trommelte ungeduldig gegen das Bullauge. Der Steward hatte verstanden und beeilte sich so sehr, daß er dabei ein Glas zerbrach.

»Witzbold!« grummelte der Kapitän.

Seine Kammer lag rechts, aber er ging nicht hinein. Er wartete immer noch, und als sich der Fécampois endlich zurückzog, schloß er die Tür zur Messe ab, was er noch nie getan hatte. Dann stellte er sich vor die Kabine seiner Frau.

»Mathilde!«

Keine Antwort. Dennoch schlief sie nicht, denn drinnen waren leise Geräusche zu hören.

»Mach auf! Ich muß mit dir reden.«

»Ich höre.«

»So nicht! Mach einen Moment auf ...«

Beinahe lächelte er schon wieder, und sein Mund schwoll begehrlich, als ihm ein übermütiger Gedanke durch den Kopf schoß. Schließlich hatten sie sich an Bord ihres eigenen Schiffes noch nicht einmal geküßt!

»Mach auf, Mathilde!«

Er schlug einen ganz sanften Ton an, beugte sich ein wenig vor und hörte Schritte näher kommen.

»Sei nicht garstig! Ich will dir was sagen ...«

Schon dachte er nicht mehr an den kleinen Zwischenfall beim Mittagessen. Für ihn war die Sache erledigt! Er war bereit, seine Frau in die Arme zu schließen!

»Mach schnell auf!«

Der Riegel wurde zurückgeschoben. Die Tür öffnete sich einen Spaltbreit, aber was er zu sehen bekam, war nur Mathildes finsteres Gesicht.

»Was gibt's?«

Er spürte, wie sein Lächeln gefror. Trotzdem streckte er ihr die Arme entgegen und sagte unsicher:

»Schmoll doch nicht! Ich verspreche dir, daß ...«

Die Tür schloß sich wieder, der Riegel wurde erneut vorgeschoben, und es war das Geräusch zu hören, mit dem Schuhe auf den Boden fielen. Lannec hob die Faust. Einen Augenblick lang drohte diese Faust gegen die Tür zu schlagen, doch dann hob sie sich von neuem und stieß gegen die Petroleumlampe, die benutzt wurde, wenn der Strom ausfiel. Sie war kardanisch aufgehängt und hatte einen grünen Schirm.

Lannec packte sie, zögerte noch kurz, dann hob er die Schultern und zerrte aus Leibeskräften an ihrer Verankerung. Er mußte zweimal ansetzen, denn sie war solide befestigt.

Lautes Gepolter erfüllte die Messe. Draußen waren hastige Schritte zu hören, wahrscheinlich der Campois, der sich fragte, welche Katastrophe nun über das Schiff hereinbrach.

Der Kapitän ging in seine Kammer, schloß die Tür und legte sich vollständig angezogen hin.

Minutenlang kümmerte er sich nicht darum, was jenseits der Wand geschah. Als er sich wieder beruhigt hatte, nahm er dennoch die Stimme seiner Frau wahr und begriff, daß Mathilde und der Fécampois sich wohl die Bescherung ansahen oder sie ihm half, den Schaden zu beheben.

3

Er schlief zwei Stunden, und Punkt fünf Uhr saß er in der Messe, unter der Lampe, die nun keinen Schirm mehr hatte, aber wieder an ihrem Platz hing. Wortlos, weil das ein Ritual war, hatte der Fécampois eine Schale Kaffee vor Lannec auf die grüne Tischdecke gestellt.

So wie die Magier des Orients sich völlig auf eine Glaskugel konzentrieren können, teilte Lannec mit Dienstmädchen und Haushälterinnen die Fähigkeit, vor einer Schale Milchkaffee alles um sich herum zu vergessen.

Es war eine riesige Keramikschale, die gut einen Zentimeter dick war. Er goß selbst Kondensmilch hinein, direkt aus der Dose, in die oben zwei Löcher hineingeschlagen waren.

In diesem Moment driftete er noch auf halbem Weg zwischen Schlaf und Wachsein; er gähnte; seine Glieder waren noch ganz steif. Und der Geruch der heißen, süßen Flüssigkeit löste nur einen anderen ab, der im eintönigen Tagesablauf ebenfalls seinen festen Platz einnahm: den Geruch der Koje, die Lannec eben verlassen hatte. Nie würde er wagen, das jemandem einzugestehen, aber wenn er sich zu seinem Mittagsschlaf ausstreckte, schnüffelte er mit Vergnügen diesen Geruch, wie ein Pferd, das in seinen Stall zurückkehrt. Blieb er einige Tage an Land, dann brachte es ihn ganz aus dem

Gleis, daß er in einem anderen Bett schlafen mußte, obwohl es das Bett seiner Frau war.

»Campois!«

Er hob die Stimme nicht, denn er wußte, der Fécampois würde nicht weit weg sein.

»Hat der Wind gedreht?«

Selbst seine Träumerei vor dem Milchkaffee konnte ihn nicht davon abhalten, die Fahrt des Schiffes zu verfolgen. So hatte er auch im Schlaf mitbekommen, daß die Brise gegen vier Uhr abgeflaut und heftigem Regen gewichen war, der gegen die Bullaugen peitschte.

Jetzt horchte er auf das Rauschen des Wassers, und an dem Ton, mit dem die Wellen gegen die Schiffswand klatschten, erkannte er, daß der Wind von vorn kam.

»Ja, auf Nordwest«, bestätigte der Campois.

Es war bereits dunkel geworden. Die beiden elektrischen Glühbirnen, die Mathilde zu schwach gefunden hatte, erleuchteten die Messe, der Kaffee dampfte in der Schale, und Lannec, die Ellbogen auf dem Tisch, brütete die zehn Minuten, die er sich nach dem Aufstehen gönnte, dumpf vor sich hin.

»Nordwestwind, und das mitten in den Sandbänken vor Flandern! Das heißt, wir haben eine schlimme Nacht vor uns, vielleicht sogar mit Nebel. Na, darüber kann ich mir nachher immer noch den Kopf zerbrechen.«

Eine Zeitung, in der irgend etwas eingewickelt gewesen war, lag noch auf dem Tisch, und Lannec griff mechanisch danach, obwohl er gar nicht die Absicht hatte, sie zu lesen. Es war ein unbedeutendes Blatt aus der Region am Unterlauf der Seine, das auf der Anzeigenseite aufgeschlagen war.

Brasserie-Restaurant Chandivert
Modern und fröhlich wie kein anderes
Unsere Kapelle spielt täglich ...

Lannec betrachtete die Tür zur Kabine seiner Frau, dann ein Bullauge, an dem der Regen herunterfloß, der immer heftiger wurde.

Caen ... Die ›Brasserie Chandivert‹ ... Regen ... Mathilde ... Ihre Verlobung ...

Vor allem der Regen, besonders der Regen am Abend ... Es war ein verregneter Abend gewesen, an dem er das ›Chandivert‹ betreten hatte. Damals war er noch Kapitän eines Schiffes gewesen, dessen Ladung gerade in Caen gelöscht wurde ...

Dunkle Gestalten huschten über den schlecht beleuchteten Gehsteig, aber drinnen herrschte lebhafte, ausgelassene Stimmung. Die riesige Brasserie war erfüllt von fröhlichem Lachen, Geplauder, Musik, vom Klacken der Billardkugeln und vom Klirren der Gläser. Es roch nach Bier, Kaffee und nach Straßburger Würsten.

Offen gestanden war Lannec auf der Suche nach einem Abenteuer gewesen, als er Mathilde neben ihrer Mutter hatte sitzen sehen. Er erinnerte sich sogar noch daran, wie langsam sie ihren Kuchen gegessen hatte, so daß man hätte meinen können, sie wolle ihn möglichst lange genießen.

Warum hatte er sich den Spaß gemacht, dem jungen Mädchen zuzuzwinkern? Erst hatte sie gelächelt, dann lachte sie. Ihre Mutter war daraus nicht klug geworden und beobachtete aufmerksam die Nachbartische.

»Gehen Sie auf die Toilette!« baten Lannecs Augen.

Er trug damals seine beste Kapitänsuniform und war frisch rasiert. Am Ende stand das Mädchen tatsächlich auf und begab sich in den Waschraum, wohin er ihr folgte.

»Sind Sie nie allein anzutreffen?«

Sie prustete vor Lachen, ganz aufgeregt, weil diese Kühnheit sie so sehr verblüffte.

»Kriege ich keine Antwort?«

»Ich kenne Sie doch gar nicht...«

»Nun ja, ich werde Sie schon kennenlernen! Ich werde herausfinden, wo Sie wohnen, und vor Ihrer Tür auf Sie warten...«

Er hatte es nicht ernst gemeint, und dennoch war er ihnen zum Zeitvertreib und aus Spaß nachgegangen, bis zu einem Haus in der Rue Saint-Pierre, in dem sie über einem Schuhgeschäft wohnten.

»Campois!«

Der Steward schoß aus einem Winkel des Laufgangs hervor, in dem er wie eine Spinne in ihrem Netz gelauert hatte.

»Schläft meine Frau?«

»Weiß ich nicht.«

Lannec trank einen Schluck Kaffee und steckte sich die Pfeife an, die er gerade gestopft hatte. Gewisse Erinnerungen stimmten ihn zärtlich, dabei waren es Erinnerungen an alberne Situationen, an langes Warten in einer finsteren Straße, des Abends, bis Mathilde endlich kam, nur um ihm zu sagen, daß sie nicht weg konnte, oder an einen Brief, den sie ihm aus dem Fenster warf und den er aus dem Schlamm fischte.

Er kippte den restlichen Kaffee hinunter, stand seufzend auf, nahm sein Ölzeug vom Haken und wickelte sich den blauen Wollschal um den Hals. Vor dem Hinausgehen schaute er noch einmal auf ihre Kabinentür, da öffnete sie sich gerade.

»Émile!« rief seine Frau.

»Ja.«

»Ich will dir eins sagen: Ich setze keinen Fuß mehr in die Messe, wenn wir beide bei Tisch nicht allein sind.«

»Aber...«

»Die anderen können ja zu einer anderen Zeit essen.«

Daraufhin schloß sie die Tür wieder. Lannec stieg langsam die Treppe hinauf und zog die Brauen hoch, sobald er an Deck war und sah, wie das Meer anschwoll. Zwei Männer eilten in der Dunkelheit vorüber, und er griff sich einen von ihnen. Es war der Bootsmann.

»Was ist denn los?«

»Wir vertäuen die Kühe. Eine hat sich schon beinahe eine Hachse gebrochen.«

Die *Himmeldonnerwetter* war ein gutes Schiff, kein Zweifel. Aber wie alle alten englischen Schiffe war sie sehr lang und sehr schmal, weshalb sie entsetzlich rollte.

Lannec erreichte die Brücke, erkannte die Silhouette von Georges Moinard und, etwas weiter, auch die von Monsieur Gilles. Die Begrüßung war immer die gleiche: ein kurzes Brummen. Dann betrachtete Lannec die Leuchtfeuer, die zu sehen waren, warf einen Blick auf den Kompaß und vorsorglich noch einen auf die Karte.

»South Foreland?« fragte er und zeigte auf einen Leuchtturm, der durch den Sprühregen blinkte.

Als er das sagte, hatte er schon berücksichtigt, daß sie

gegen den Wind fuhren, denn kämen die Wellen noch von hinten, hätten sie schon viel weiter sein müssen.

»Ich glaube, es ist Dover«, antwortete Moinard mit gerunzelter Stirn.

Wenn es wirklich Dover war, dann waren sie seit zwei Stunden so gut wie nicht vom Fleck gekommen.

»Weißt du nicht genau, ob es Dover ist?«

»Schau doch, es sind zwei Lichter...«

Seit einer Viertelstunde beobachteten der Erste Offizier und Monsieur Gilles diese zwei Leuchtpunkte, die alle beide dort, wo nur ein Licht sein sollte, abwechselnd aufflammten und wieder erloschen.

»Eins ist sicher das Signallicht eines Schiffes!«

»Ja, aber welches?«

Zehn Minuten lang hefteten sie zu dritt ihre Blicke auf ein und denselben Punkt im Meer, und da entfernte sich endlich eines der Lichter weit genug vom anderen, so daß sie sie deutlich auseinanderhalten konnten.

»Ruder nach Steuerbord!« befahl Lannec. Es war höchste Zeit!

Sobald der Wind von der Seite kam, begann das Schiff wie in einem richtigen Sturm zu schlingern, und die Gischt übersprühte die Kühe. Einen Augenblick lang dachte Lannec an seine Frau, die sich in ihrer Kabine eingeschlossen und wahrscheinlich hingelegt hatte und der vor jeder neuen Schlingerbewegung bangte.

»Was ist das da vor uns?«

»Ich glaub, ein Fischerboot. Diese Kerle schalten doch nie ihre Positionslichter ein.«

»Hör mal, Moinard... Ich muß dir was sagen... Es geht um meine Frau...«

Er spuckte und klopfte seine Pfeife aus.

»Sie besteht darauf, mit mir allein zu essen. Wenn es dir nichts ausmacht, dann eßt ihr alle miteinander nach uns.«

»Mir ist das egal.«

Er log. Das war ihnen beiden nicht gleichgültig. Es war sogar so ungeheuerlich, daß sie sich vor dem ganzen Schiff genierten.

»Weißt du, ich glaub nicht, daß sie noch einmal mitfahren wird...«

»Das ist ihr gutes Recht!«

So war Moinard eben. Er nahm die Dinge, wie sie kamen, er versuchte nicht, sie zu ändern. Lannec war das genaue Gegenteil, er stellte wegen nichts und wieder nichts die Stacheln auf.

»Jetzt braut sich da noch eine Waschküche zusammen!«

Der Regen war in ein Nieseln übergegangen, und das Nieseln verwandelte sich nach und nach in dichten Nebel, so daß sich rund um den Leuchtturm, der sich zu entfernen schien, ein Lichthof ausbreitete.

»Gilles, die Sirene...«

Sie waren alle drei sehr ruhig, nur ein bißchen brummiger als gewöhnlich, denn ihnen stand eine schlaflose Nacht bevor, in der sie die Leuchtfeuer im Nebel nur ahnen konnten und die Sirene ihnen die Ohren vollheulen würde.

Der Funker kam zu einer Stippvisite auf die Brücke, schwieg erst ein paar Minuten und kündigte dann wie beiläufig an:

»Weiter oben sieht es sehr übel aus. In der Nähe von

IJmuiden läßt sich ein Schiff bereits seine Position über Funk einpeilen.«

Lannec sah ihn scheel an, ohne eigentlich so recht zu wissen warum. Schließlich war daran nichts Ungewöhnliches. Das Wetter entsprach der Jahreszeit, und er war dieselbe Strecke schon hundertmal unter schlechteren Bedingungen gefahren, ohne die geringste Sicht, wobei er sich am Geräusch der Brandung an den Sandbänken orientiert hatte.

Er klingelte nach dem Steward und rief ihm über die Treppe zu:

»Trag zuerst das Essen für meine Frau und mich auf, und danach für die Offiziere!«

Zwei Stunden verstrichen.

»Willst du dich nicht ausruhen?« hatte Lannec Moinard gefragt.

Er wußte genau, daß er es nicht tun würde. In dieser scheußlichen Suppe hielten besser zwei statt einem Ausschau nach den Leuchtfeuern, und drei sahen mehr als zwei. Lannec peilte im Abstand von dreißig Minuten *South Foreland* an. Als er mit seinen Berechnungen im Kartenhaus fertig war, sah Moinard ihn fragend an.

»Kaum drei Knoten!« erklärte der Kapitän.

Nicht nur der Seegang war gegen sie, sondern auch der Gezeitenstrom, und der Rudergänger mußte die *Himmeldonnerwetter* unablässig wieder auf ihren Kurs bringen, von dem sie bei jedem seitlichen Brecher abkam.

»Meine Frau wird das gar nicht lustig finden.«

Es klang schadenfroh, aber er meinte es nicht so, er freute sich eigentlich nicht im geringsten darüber, daß Mathilde seekrank wurde.

Als die Glocke zum Abendessen läutete, wandte er sich zu Moinard um.

»Ich bin in zehn Minuten wieder da. Falls irgend etwas sein sollte ...«

Er hätte vor Wut heulen können bei dem Gedanken, daß auf seinem eigenen Schiff, noch dazu bei der ersten Fahrt, auf diese Weise mit allen Traditionen der Seefahrt gebrochen wurde. Deshalb setzte er seine finsterste Miene auf und stapfte mit betont schwerem Schritt in die Messe hinein, wo er seine Öljacke ausschüttelte, ehe er sie an den Haken hängte.

»Ist meine Frau nicht ...«

Er hatte seinen Satz noch nicht beendet, als Mathilde aus ihrer Kabine herauskam und sich einfach an ihren Platz setzte, mit der gleichen Selbstverständlichkeit wie in ihrem Eßzimmer in Caen. Sie trug ein schlichtes Kleid aus schwarzer Seide, hatte ihr Haar sorgfältig gekämmt, sich die Wangen gepudert und einen Hauch Lippenstift aufgetragen.

»Bist du nicht seekrank?«

»Paßt dir das nicht?«

Er zog seine Serviette aus dem Ring und faltete sie wortlos auseinander, während der Campois die Suppe servierte. Er war verwirrt, denn er fühlte sich gedemütigt und war zugleich wütend. Ihm schien es, als mache sich das ganze Schiff über ihn lustig, als beobachte ihn jeder vorwurfsvoll.

Man hatte dem Leitenden Ingenieur, dem Funker, kurzum jedem, Bescheid sagen müssen, daß Madame ihre Mahlzeiten in trauter Zweisamkeit mit Monsieur einzunehmen wünschte!

Mathilde war zwar ein bißchen blaß, aß aber dennoch. Dabei herrschte so starker Seegang, daß man die Schlingerleisten hatte montieren müssen, damit die Teller nicht vom Tisch rutschten.

»Macht dir das gar nichts aus?«

»Aber nein, wirklich nicht!«

Lannec meinte in den blauen Augen des Stewards ein Lächeln wahrzunehmen und ärgerte sich noch mehr.

»Das hat es noch nie gegeben«, brummte er und schob seinen Teller zurück, aus dem er die Suppe sehr geräuschvoll gelöffelt hatte.

»Ein Grund mehr, damit anzufangen.«

Er konnte nichts dafür: er hatte das Gefühl, aus dem Gleichgewicht geraten zu sein, er fand die Situation beinahe anstößig. Und er kam sich lächerlich vor, weil er mit seiner Frau allein hier saß und die Offiziere, vor allem Moinard, wie Dienstboten erst nach ihnen zu Abend essen sollten.

In seinen Augen brachte das die Ordnung auf dem ganzen Schiff durcheinander, und es störte den Frieden.

»Wie konntest du nur auf die Idee verfallen, mitfahren zu wollen!«

Noch sprach er es nicht aus, aber es lag ihm bereits auf der Zunge: *»Deine Mutter wollte wohl, daß du auf ihr Geld aufpaßt, nicht wahr?«*

Er verabscheute die alte Pitard, wie er sie im stillen nannte, und alle Tanten und Cousinen Pitard dazu!

»Da hast du jetzt viel gewonnen!«

»Und du, glaubst du, daß du viel gewinnst, wenn du mich an Land zurückläßt?«

Sie hatte das genau in dem Moment gesagt, in dem der

Campois das Gemüse auftrug. Lannec wartete, bis er hinausgegangen war, dann legte er seine Gabel weg und schaute seiner Frau in die Augen.

»Was willst du damit sagen?«

»Meinst du, Marcel nutzt das nicht aus?«

Sie brauchte ihn nicht anzusehen, um zu wissen, daß er puterrot anlief. Denn auf der Liste der Leute, die Lannec haßte, stand ganz oben, noch über der alten Pitard und den Tanten Pitard, ein Mann, dessen Namen man nur zu erwähnen brauchte, um ihn rasend zu machen.

Marcel! Und das hatte früh begonnen! Als er Mathilde zum zweitenmal begegnet war, in Caen, auf der Straße, da hatte sie nichts Dringenderes zu tun gehabt, als ihn zu fragen:

»Kennen Sie Marcel?«

»Welchen Marcel?«

Dabei hatte sie den Namen ausgesprochen, als ob es sich um Jesus Christus oder um Napoleon handelte, als ob die ganze Welt Marcel kennen müßte.

»Den Geiger.«

»Welchen Geiger?«

»Den vom ›Chandivert‹.«

Inzwischen hatte er reichlich Gelegenheit gehabt, ihn zu Gesicht zu bekommen, denn während ihrer Verlobungszeit hatte er sich fast jeden Abend im Beisein von Mutter Pitard die Musik im ›Chandivert‹ anhören müssen. Mathilde richtete es damals immer so ein, daß sie in der Nähe des Podiums saß. Mit geröteten Wangen flüsterte sie Lannec zu:

»Schau mal, wie er sich ärgert!«

Der Bräutigam ärgerte sich allerdings noch mehr,

wenn er mit ansah, wie sie unablässig diesen kränklichen jungen Mann mit dem ondulierten Haar beobachtete, der sie schmachtend anschaute, während er mit dem Bogen über die Saiten strich.

»Wenn er unverschämt wird, schlag ich ihm noch mal den Schädel ein, deinem Marcel!«

»Was bist du doch garstig! Kann er vielleicht etwas dafür, daß er mich liebt?«

Das Haarsträubendste daran war, daß dieser Marcel allen jungen Mädchen, die ins ›Chandivert‹ kamen, die gleichen Blicke zuwarf.

Und da mußte sie jetzt, auf hoher See, auf seinem Schiff, gewissermaßen in seinen eigenen vier Wänden, auf seinen eigenen Planken, von diesem Marcel reden!

»Sag das noch mal!...« verlangte er betont langsam.

»Meinst du etwa, Marcel nutzt deine Abwesenheit nicht aus?«

»Und wozu, bitteschön?«

»Um mir den Hof zu machen.«

»Ist das alles?«

»Eine Frau, deren Mann wochenlang fort ist...«

»Ist das alles?«

»Warum sollte das alles sein? Verkneifst du dir vielleicht etwas, wenn du in Antwerpen, in Hamburg oder sonstwo anlegst und ich dann die Fotos der Mädchen in deinen Taschen finde?«

»Davon rede ich jetzt nicht! Ich rede von Marcel...«

Lannec wurde um so wütender, weil er wußte, daß der Campois auf seinem Platz draußen auf dem Gang war, wo er alles mit anhörte.

»Marcel hat mich getröstet. Du wolltest es ja unbedingt wissen, nicht wahr? Und da machst du mir Vorwürfe, weil ich dich begleite . . .«

»Wagst du zu behaupten, daß . . .?«

»Ja!«

». . . daß in den zwei Jahren . . .?«

»Na ja, so ist das eben! Und wenn du Wert darauf legst, dann sag ich dir auch noch, daß das schon so war, bevor ich dich kannte. Bist du jetzt zufrieden, daß . . .«

Weiter kam sie nicht. Lannec war aufgestanden und schlug ihr mit seiner schweren Pranke ins Gesicht, so heftig, daß Mathilde mit dem Kopf an die Rückenlehne der Sitzbank stieß.

Das war ihm nicht entgangen, er spürte förmlich den Schmerz, und er wußte auch, wie entsetzt der Steward sein mußte, doch er stapfte zur Tür hinaus, und, ohne den Mann zu beachten, der sich dicht an die Wand drückte, gelangte er an Deck.

»Campois! Bring mir mein Ölzeug und den Südwester!«

Der Regen tat ihm gut. Er keuchte. Er fuhr sich mehrmals mit den Händen durchs Haar, und sobald er seine Öljacke angezogen hatte, stieg er zur Brücke hinauf.

»Hat es aufgeklart?« brummte er.

Die Sirene war verstummt, denn die Sicht hatte sich etwas gebessert. An Backbord waren jetzt zwei oder drei Leuchtfeuer an der Küste zu erkennen, und an Steuerbord blinkte der Leuchtturm von Walde bei Calais.

Eine Viertelstunde lang herrschte Stille, nur Moinard und Monsieur Gilles wanderten auf der Brücke von einer Seite zur anderen, bis die Glocke sie zum Essen rief.

»Ihr könnt alle beide hinuntergehen!«

Wieder einmal blieb Lannec allein mit dem Rudergänger zurück, der unbewegt wie immer an seinem Steuerrad stand. Um seine Erregung zu besänftigen, errechnete er die Position, was völlig überflüssig war, weil er diese Gewässer ziemlich gut kannte. Danach ließ er das Ruder leicht nach Backbord umlegen, damit das Schiff möglichst stark schlingerte.

Vielleicht wurde Mathilde nun doch noch seekrank!

Als die Offiziere eine halbe Stunde später zurückkehrten, fanden sie Lannec an seinem Platz vor, den Blick unverwandt auf die beschlagene Scheibe gerichtet.

»Uns steht Böses bevor, Moinard.«

Und weil der Erste Offizier ihn überrascht ansah, fügte er hinzu:

»Oh, nicht mit dem Schiff! Ich rede von meiner Frau.«

Um elf Uhr hatte der Wind wieder aufgefrischt. Sie stampften von Wellenberg zu Wellenberg, und jedesmal ließ der heftige Aufprall das ganze Schiff erzittern. Sie hatten die Maschinen drosseln müssen, denn die *Himmeldonnerwetter* war nicht genügend beladen, so daß bei jedem Brecher, der das Heck aus dem Wasser hob, die Schraube leer drehte und verrückt spielte.

Wenigstens war inzwischen kein Nebel mehr, aber Wasser, Wasser überall: auf dem Deck, an den Wänden, auf den Gesichtern, auf dem Ölzeug, Wasser sogar in Lannecs Tabak und in seiner Pfeife, die ständig ausging.

Moinard hatte sich hingelegt, weil er um Mitternacht wieder die Wache übernehmen mußte. Monsieur Gilles, der im Moment nichts zu tun hatte, pendelte zwischen der Brücke und dem Funkraum hin und her, und wenn er auftauchte, berichtete er jedes Mal, was es Neues gab.

»Paul unterhält sich mit dem Schiff, das an Steuerbord aufkommt, ein Holländer auf der Heimfahrt vom Schwarzen Meer. Ein Freund von ihm ist als Dritter Offizier an Bord ...«

Der Generator vibrierte, und der einäugige Funker saß, den Kopfhörer auf den Ohren, die Finger auf der Taste, wie reglos inmitten seiner Apparate.

»Der Hafen von Boulogne fragt alle Schiffe, ob sie nicht ein Fischerboot gesehen hätten, das seit heute mittag überfällig ist und von dem sie nichts mehr gehört haben ...«

Ob das vielleicht das unbeleuchtete Boot war, das sie am späten Nachmittag entdeckt hatten?

»Sag Paul, er soll es für alle Fälle melden und unsere Position von sechs Uhr angeben ...«

Lannec trank einen Calvados und bot auch seinem Offizier einen an. Eine Weile standen sie schweigend da, hielten ihre Gläser in der Hand, und Lannec hatte das Gefühl, der junge Mann beobachte ihn neugierig.

»Was beschäftigt dich denn so?«

»Mich? Überhaupt nichts ...«

»Nun ja, sie hat mir Hörner aufgesetzt, das soll ja manchmal vorkommen!«

Dann schleuderte er sein leeres Glas ins Meer, stützte sich mit den Ellbogen auf die Brückenreling und runzelte plötzlich die Stirn. Er hatte die Geschichte mit dem Gespenst ganz vergessen, und nun schlich unter ihm ein in ein Leintuch gehüllter Mann aus der Back Richtung Kombüse.

Der Mann hob den Kopf, entdeckte den Kapitän und zwinkerte ihm zu, als ob er sagen wollte:

»Sehen Sie, ich gehorche Ihnen!«

Es war der Bootsmann, der den Schinken zurückbrachte.

Lannec warf einen raschen Blick auf den Leuchtturm von Calais, dann beugte er sich wieder hinunter, denn er war neugierig, wie der Fécampois darauf reagieren würde.

Da gellte ein Schrei aus der Kombüse, ein Schrei, der so fürchterlich war, daß eine der Kühe aufsprang und sich losriß. Ein weißes Etwas tauchte wieder an Deck auf, aber diesmal war es nicht mehr als menschliche Gestalt zu erkennen. Es schlug wild um sich und versuchte vergebens, das Leintuch abzuschütteln.

»Sehen Sie mal nach, was da los ist«, sagte Lannec zu Monsieur Gilles.

Ein Matrose eilte herbei, während die Kuh über das Deck galoppierte, daß die Planken dröhnten.

Allein der Rudergänger ließ sich nicht beirren und warf nach wie vor von Zeit zu Zeit einen fragenden Blick auf den Kapitän.

»Holt schnell Moinard!« rief Monsieur Gilles. »Er muß den Schlüssel zur Apotheke haben ...«

Lannec konnte nichts mehr sehen. Das weiße Ungetüm war im Deckshaus verschwunden. Er hörte nur laute Schritte, Türenklappen und ein eintöniges Wimmern, das nach dem ersten Schreien eingesetzt hatte.

Er wurde ungeduldig. Seinen Platz konnte er nicht verlassen, und es kam niemand, der ihm erzählt hätte, was passiert war.

Plötzlich zuckte er zusammen. Neben ihm stand ein Mann, reglos und todernst. Es war der Fécampois, der so unglücklich wie noch nie aussah.

»Was machst denn du hier?«

»Ich stelle mich freiwillig.«

»Was? Hast du den Bootsmann umgebracht?«

Der Steward schüttelte den Kopf, während er die Finger ineinander verschlang und aus Leibeskräften zusammenpreßte.

»Erzähl schon! Was hast du denn getan?«

Der Mann aus der Normandie mußte beim Sprechen immer wieder schlucken.

»Ich habe befürchtet, daß das Gespenst wieder auftaucht...«

So, wie er da stand, erweckte er eher den Eindruck eines Dorftrottels als den eines normalen Menschen.

»Hast du auf das Gespenst geschossen?«

»Ich hatte keine Pistole.«

»Was dann? So rede doch, Himmeldonnerwetter!«

»Vorhin, da hab ich die Tür einen Spalt offengelassen und oben drauf einen Kessel mit kochendem Wasser ausbalanciert. Es macht mir nichts aus, wenn ich ins Gefängnis komme.«

Seine Augen glänzten. Vielleicht war er sogar erleichtert, daß er endlich von einer großen Last befreit war, denn seit ein paar Minuten glaubte er nicht mehr an Gespenster.

»Geh schlafen!«

»Muß ich ins Gefängnis?«

»Geh schlafen!«

Es war immer noch ein Stöhnen zu hören, aber jetzt

mit Unterbrechungen, was darauf schließen ließ, daß Moinard, der ausgebildeter Sanitäter war, den Bootsmann behandelte.

»Gilles!« schrie der Kapitän.

Kurz danach traf der junge Offizier mit halb ernster und halb belustigter Miene auf der Brücke ein.

»Na, was ist?«

»Der Bootsmann hat ein Gesicht wie eine Tomate. Er hat einen Kessel mit heißem Wasser auf den Kopf gekriegt. Zum Glück stand das Wasser schon ein paar Minuten und war nicht mehr kochend heiß. Nur, der Campois hat sich den größten Kupferkessel ausgesucht, und jetzt hat der Bootsmann eine Platzwunde auf der Stirn ...«

»Ist es sehr schlimm?«

»Moinard hat ihm mit todernstem Gesicht gesagt, wenn er weiter so zappelt und schreit, dann muß er ihm die Kopfhaut abziehen. Seither ist er still, aber er verdreht die Augen fürchterlich ...«

»Käpt'n!« meldete sich eine schüchterne Stimme.

Lannec wandte sich um. Der Rudergänger, unbewegt wie immer, deutete nur schlicht mit dem Kinn Richtung Bug, und dort tauchten, wenige Kabellängen entfernt, ein grünes und ein rotes Licht auf.

»Hart nach Backbord! ...«

Im nächsten Augenblick zog ein englischer Passagierdampfer der Indien-Linie so dicht an der *Himmeldonnerwetter* vorbei, daß man die Passagiere im Rauchsalon der ersten Klasse hätte erkennen können.

4

Bisweilen kam Lannec zu Moinard und tat so, als denke er an etwas anderes, doch sein verschlagener Blick verriet ihn; er hüstelte, stopfte seine Pfeife oder schaute wie ratsuchend aufs Meer hinaus, und dann legte er plötzlich los:

»Hör mal, Georges, wir brauchen uns keine grauen Haare wachsen zu lassen. In Hamburg schaffe ich sie mir vom Hals ...«

Meistens spielte sich das auf der Brücke ab, aber wenn Lannec an Deck den Leitenden Ingenieur sah, der vielleicht gerade eine Winde überprüfte, da empfand er auch manchmal das Bedürfnis, zu ihm hinunterzugehen. Die Hände in den Taschen, scheinbar in Gedanken versunken oder mit Unschuldsmiene bemerkte er dann wie beiläufig:

»Sie muß ganz schön seekrank sein, mein Lieber!«

Denn die See war nach wie vor rauh, der Himmel war verhangen, und es war kalt. Nach kurzen Flauten brach der Sturm erneut los, und es regnete in Strömen. Sobald sie in die Nähe der Sandbänke gerieten, und auf der Route des Frachters waren überall welche, schleuderte eine entfesselte Brandung die *Himmeldonnerwetter* hin und her, daß sie in den Fugen ächzte.

Seit achtundvierzig Stunden rührten sich die Kühe nicht mehr, sie fraßen auch nicht mehr, und wenn sich ihre Mäuler dennoch bewegten, dann käuten sie keineswegs wieder, sondern ließen nur Rinnsale klebrigen Geifers herauslaufen.

Der Bootsmann, der mit seinem dicken Kopfverband aussah, als trage er einen Taucherhelm, hatte ihnen schwarzen Kaffee eingeflößt, dann Pfefferkörner, aber ohne Erfolg, und sobald er sich den Tieren näherte, glotzten sie ihn mit trüben Augen an, aus denen alle Hoffnung gewichen war.

»Also, Georges, was würdest du an meiner Stelle tun?«

Eine Stunde, zwei Stunden lang sprach Lannec nicht von seiner Frau, doch dann packte es ihn ganz plötzlich. Er hatte sogar mit dem Bootsmann über sie geredet und ihm vergnügt zugerufen:

»Unser Drachen wird ganz schön durchgewalkt, was?«

Er bekam kaum Antwort. Jeder wandte den Blick ab und brummelte höchstens ein paar unverständliche Silben.

Moinard war ebenfalls verheiratet und hatte drei Kinder, von denen das älteste gerade sein Abitur bestanden hatte. Der Leitende Ingenieur war Witwer, und die Frau des Bootsmanns betrieb irgendwo in der Normandie ein Lebensmittelgeschäft.

Nur zu einem einzigen sagte Lannec nichts: zu dem einäugigen Funker, der seinerseits darauf bedacht war, Abstand zu wahren, als widere ihn das Verhalten des Kapitäns an.

Dabei tat Lannec doch gar nichts! Er aß nur nicht mehr mit Mathilde. Ihr wurden die Mahlzeiten eine halbe Stunde vor den anderen serviert, und da sie sich die übrige Zeit in ihrer Kabine aufhielt, hatte er sie seit zwei Tagen nicht mehr gesehen, genau gesagt seit der Ohrfeige. Im übrigen beschäftigte er sich, wie er fand, viel zu sehr mit ihr. Wenn er hinunterging, warf er zum Beispiel immer einen Blick auf die Anrichte, und an den benutzten Tellern merkte er, ob seine Frau gegessen hatte oder nicht.

»Ist sie nicht seekrank?« fragte er den Campois.

»Ich kann nicht behaupten, daß sie krank ist, aber ich kann auch nicht behaupten, daß sie es nicht ist. Meiner Meinung nach ist sie zu stolz, sich etwas anmerken zu lassen.«

Natürlich, wie ihre Mutter! Frauen, die aussehen, als könnten sie kein Wässerchen trüben, einen aber dann mit einem eisernen Willen überraschen oder vielmehr mit der Sturheit eines Maulesels!

Lannec hatte seine alten Gewohnheiten wiederaufgenommen. Auf See rasierte er sich nicht, machte nur Katzenwäsche und lief bis mittags mit herunterhängenden Hosenträgern herum. Er nahm seine Mahlzeiten wieder mit den Offizieren ein, und weil er wußte, daß Mathilde in ihrer Kabine alle Geräusche aus der Messe hören konnte, benahm er sich besonders ausgelassen und lautstark.

»Also, Kinder, ich wollt, wir wären schon in Hamburg, daß wir mal richtig auf die Pauke hauen können! Ich kenne da ein paar berüchtigte Kneipen und eine hübsche Blondine...«

Während er das sagte, blickte er grimmig auf die geschlossene Tür und dann auf seine Gefährten, die gegen ihr Grinsen ankämpften.

»Kommst du mit, Moinard?«

Moinard wehrte mit einer vagen Handbewegung ab, denn jeder wußte, daß er nie an Land ging. Er hatte sich in den Kopf gesetzt, die Theorien Einsteins zu studieren, und sich eine ganze Sammlung von Büchern über die Relativität gekauft, durch die er sich verbissen hindurcharbeitete.

»Davon verstehst du doch kein Wort!« hatte Lannec ihm oft gesagt.

Mag ja sein, aber Moinard war fest entschlossen, eines Tages dennoch etwas davon zu verstehen.

Lannec aß geräuschvoll, und plötzlich erklärte er nach einem erneuten Blick auf die Kabinentür:

»Die Frauen, sag ich euch, die sind doch nur für eins gut, na ihr wißt schon wofür. Aber sonst sollte man sich nicht mehr um sie kümmern als um eine alte Kiste, die auf dem Wasser treibt.«

Er übernahm doppelt so viele Wachen wie nötig. Er schickte Moinard schlafen oder zu seiner Mathematik und brachte Stunden über Stunden auf der Brücke zu, wo der Rudergänger ihn manchmal mit sich selbst reden hörte.

»Da braut sich ja schon wieder etwas zusammen!« stellte er fest, während er den Himmel betrachtete.

Dabei dachte er an Mathilde, die wahrscheinlich bleich in ihrer Kabine lag und sich bestimmt übergeben mußte. Dieser Schaukelei konnte sie unmöglich standhalten. Und im nächsten Augenblick rief er gar den Fécampois zu sich:

»Ist sie wirklich nicht seekrank?«

»Sie hat mich nicht geholt.«

Sie war zu stolz! Zu stolz auch, es ihm einzugestehen, falls sie ihn nur belogen hatte.

Im Kampf gegen den Wind hatten sie mehr als einen Tag verloren, aber schließlich erreichten sie trotzdem die Elbmündung, wo sie die Signalflagge setzten, mit der sie anzeigten, daß sie einen Lotsen aus Cuxhaven brauchten.

Es war früh am Morgen. Am Himmel war die Nacht noch nicht dem Tag gewichen, und an Land leuchteten die Lichterketten der Straßenlaternen. Es nieselte leicht, als ein Motorboot längsseits kam, der Lotse in grüner Uniform sich an Deck schwang und gleich zur Brücke hinaufstieg, wo er sich zur Begrüßung flüchtig mit dem Finger an die Mütze tippte.

Zwischen den Bojen, die die Fahrrinne bis Hamburg markieren, drängten sich Schiffe wie die Ameisen in zwei oder drei Reihen, und die Luft war erfüllt vom Vibrieren der Dieselmotoren und vom Qualm und Ruß der Dampfer.

»Bring dem *Fritz* einen Schnaps!« befahl Lannec dem Fécampois, während er in seine Kammer hinunterging.

Es gehörte zum Ritual, daß Lannec, sobald sie einen Hafen anliefen und den Lotsen an Bord genommen hatten, den Platz auf der Brücke Moinard überließ und ausführlich Toilette machte, wie die Arbeiter es sonntags morgens zu tun pflegen. Schon bald roch es in seiner Kammer nach Seife, Kölnischwasser und Rasiercreme. Der Campois hatte nicht versäumt, ihm auf der Koje ein gestärktes Hemd bereitzulegen, dazu einen steifen Kragen und Manschetten und schließlich noch seinen neuesten Anzug, einen Stresemann.

Während er sich anzog, brummelte Lannec zusammenhanglos vor sich hin, und sobald er fertig war, als die Schuhe an seinen Füßen knirschten, ihm noch Reste von Rasierschaum hinter den Ohrläppchen klebten und sein Haar von Brillantine glänzte, da setzte er sich in die Messe und griff nach der Schreibmappe.

Fahr nach Hause und grüß Marcel von mir, begann er.

Er schielte zu Mathildes Tür hinüber, dann zu einem Bullauge, durch das er Fabrikschlote sah, knüllte das Blatt zusammen und nahm ein neues.

Fahr nach Hause ...

Beinahe wäre er aufgestanden und hätte seine Frau gerufen, um ihr zu sagen ... Um ihr was zu sagen?

Fahr nach Hause ...

Das reichte. Er schob das Blatt in einen Umschlag, holte zweitausend Francs aus einem Stahlschrank, in dem die gesamte Barschaft an Bord aufbewahrt wurde, und rief den Campois.

»Das gibst du meiner Frau.«

»Wann muß ich ins Gefängnis?«

Der Steward ließ nicht locker. Das Gefängnis war für ihn zu einer fixen Idee geworden.

»Darum kümmern wir uns in Frankreich. Bring mir meinen Mantel und die Handschuhe!«

Als er, zu einem Gang in die Stadt bereit, auf der Brücke eintraf, war die *Himmeldonnerwetter* bereits vor den Hafenbecken von Altona, und ein Motorboot brauste heran. Im nächsten Augenblick kam es längsseits. Ein kleiner, kahlköpfiger Mann hievte sich mühsam an Bord und bückte sich nach der Ledermappe, die ihm ein Matrose hinaufreichte.

Der Lotse rührte sich nicht. Seine linke Hand lag auf dem Steuerrad und mit der rechten umklammerte er ein Glas Calvados, das er langsam anwärmte. Die Maschinen waren bereits gedrosselt. Rundherum bewegten sich noch andere große Schiffe, manche aus eigener Kraft, manche von Schleppern gezogen; dazwischen fuhren Hunderte von Kähnen, Schnellbooten und Schaluppen herum, in so unübersichtlichem Durcheinander wie die Autos auf den Straßen einer Großstadt.

Ganz hinten, auf einem verwaisten Kai, stand eine noch beleuchtete Straßenbahn, wahrscheinlich ein Arbeiterzug, und dahinter ragten unzählige dunkle Häuser auf.

Der dicke, kahlköpfige Mann war der Schiffsmakler, der mit Bernheim in Rouen zusammenarbeitete. Er sprach zunächst mit dem Lotsen deutsch und nannte ihm die Nummer des Hafenbeckens, in dem die *Himmeldonnerwetter* festmachen sollte.

Dann wandte er sich an Lannec:

»Die Güterwagen stehen bereit, und wir beginnen in einer Stunde mit dem Löschen der Ladung. Ich habe Sie bereits gestern erwartet.«

Sie gingen ins Kartenhaus, wo der Kapitän ihm etwas zu trinken anbot und die Zollpapiere aushändigte.

»Keine Passagiere?«

»Meine Frau.«

Mehrere Boote umkreisten den Frachter, der langsam seinem reservierten Liegeplatz zusteuerte. Die Hafenpolizei kam an Bord, ebenso die Zöllner und zwei *shipchandlers*, Schiffsausrüster, die sich bereits mit dem Bootsmann unterhielten, um zu erfahren, was an Proviant fehlte.

Lannec duftete nach Rasierwasser. Seine Schuhe knirschten. Traditionsgemäß hatte er die Zigarrenkiste hervorgeholt, und während er mit dem Makler sprach, fragte er sich, ob Mathilde wohl den Brief schon gelesen hatte. Vor allem wollte er sie nicht sehen! Daß sie bloß nicht versuchte, mit ihm zu reden! Im übrigen würde er, um dem vorzubeugen, auf der Stelle an Land gehen.

»Hör zu, Moinard! Ich mach mich jetzt auf den Weg zum Konsulat, dann in die Agentur und überallhin! Vielleicht komme ich nicht vor heute abend zurück. Falls meine Frau von Bord geht ...«

Moinard sah ihn ernst an.

»Halt sie ja nicht zurück! Was ich noch sagen wollte, der Bootsmann soll sich von einem Arzt verbinden lassen ...«

Noch während sich die Festmacher der Trossen bemächtigten, kletterte er in das kleine Boot hinunter, das zwei Matrosen an den Kai ruderten. Der Kahn war verdreckt und ölverschmiert, deshalb blieb Lannec stehen, damit er sich den Mantel nicht besudelte, und er hatte Mühe, die eiserne Leiter zu erklimmen, ohne sich dabei schmutzig zu machen.

Die Stadt lag noch im Halbschlaf, nur die Kräne im Hafen arbeiteten schon alle. Lannec mußte mal auf den Boden schauen, damit er nicht über Schienen stolperte oder in Pfützen trat, dann wieder nach oben, weil Greiferschaufeln, die dicht über ihm schwebten, ihm den perlgrauen Hut vom Kopf zu schlagen drohten.

Er schlängelte sich zwischen Güterwagen und Pferdefuhrwerken hindurch. Am Geruch erkannte er, daß er an einem aus dem Orient kommenden Hochseefrachter vorbeiging, denn die am Kai gestapelten Kisten dufteten nach Zimt.

Er kannte seinen Weg. Das war eigentlich der einzige Weg, den er in den meisten Häfen kannte: zum Hafenamt, zur Zollbehörde und zum Konsulat.

Wie der Schiffsmakler trug auch er eine Aktenmappe unterm Arm, aber seine war aus schönem, hellbraunem Leder.

Im Hafenamt ließ man ihn zunächst warten, dann stempelte man ihm endlich in einem der Büros sein Bordbuch ab, und es war inzwischen neun Uhr geworden, als er die Einzäunung passierte, die, wo auch immer, das Leben an Land vom Leben auf See trennte.

Und es gab noch etwas, was er kannte: die Nummer seiner Straßenbahn. Er mußte einige Minuten warten, bis sie kam, dann erklomm er die Plattform und stieg in einer ruhigen Straße mit regennassen Pflastersteinen wieder aus, direkt vor dem französischen Konsulat.

In der Messe, bei seinem Gerede von den berüchtigten Kneipen, da hatte er gelogen, um seine Frau wütend zu machen. Er hatte wohl das eine oder andere Mal von weitem den Rotlicht-Bezirk von Hamburg gesehen, betreten hatte er ihn jedoch noch nie.

Er kannte auch keine Straßennamen und orientierte sich nur an einigen markanten Punkten: am Hauptbahnhof, am Schauspielhaus, an der Nikolai-Kirche und natürlich am Hamburger Michel.

Bisweilen irrte er sich in der Richtung, merkte es aber

nach wenigen Minuten und erreichte immer sein Ziel, ohne nach dem Weg fragen zu müssen.

Um halb elf, als er aus dem Konsulat kam, aß er Würstchen mit Kartoffelsalat in einer kleinen Gaststätte, in der er jedesmal einkehrte, wenn er in Hamburg anlegte, und deren Wirt ihn bereits kannte.

»Fahren Sie immer noch auf der *Agen*?«

»Nein. Ich habe jetzt mein eigenes Schiff: die *Himmeldonnerwetter.*«

»Ach!«

Er war nicht hungrig. Trotzdem aß er die Würstchen, weil er sie auf jeder Reise um diese Zeit hier zu essen pflegte. Danach nahm er ein Taxi und ließ sich zum Büro des Schiffsmaklers fahren, das er noch nicht kannte.

Die Büros der Schiffsmakler sehen alle gleich aus: überall der gleiche Empfangsraum, dahinter der gleiche kleine Salon und die gleiche Flasche Whisky auf dem Tisch. Hier traf Lannec den rundlichen, kahlköpfigen Herrn wieder, der am Morgen an Bord gekommen war.

»Wie sieht's aus?«

»In einer Stunde ist Ihre Ladung gelöscht. Eine zweite Kolonne Schauerleute und ein Kran waren gerade frei, da habe ich sie auf Ihrem Schiff eingesetzt. Übrigens, was Madame Lannec betrifft ...«

Der Kapitän hob rasch den Kopf.

»Ich habe mit der Polizei über sie gesprochen. Sie wollten sie sehen, um ihren Paß zu überprüfen ...«

»Der ist in Ordnung.«

»Ja. Madame Lannec hat ihn vorgelegt. Aber sie hat erklärt, daß sie nicht an Land zu gehen gedenkt. Ihr

Bootsmann ist übrigens gerade in diesem Augenblick bei einem französischen Arzt.«

Bei allen Schiffsmaklern stehen bequeme Sessel, man raucht eine Zigarre und trinkt etwas, während man über Geschäfte redet.

»Ich hätte da einen Vorschlag für Sie. Haben Sie es sehr eilig, nach Frankreich zurückzukommen?«

»Lassen Sie mal hören!«

»Eine Ladung Schwergut, Eisenbahnteile für Island. Ungefähr tausend Tonnen. Die Sache ist sehr dringend. Man hatte zuerst an einen Segler mit Hilfsmotor gedacht, der hat aber abgelehnt, weil er einen hölzernen Schiffsrumpf hat...«

»Moment mal! Was hat Ihnen meine Frau erzählt?«

»Nicht mir, sondern der Polizei! Sie hat erklärt, daß sie keinen Grund habe, an Land zu gehen. Für die Fracht bietet man Ihnen...«

Lannec trank seinen Whisky in einem Zug aus. Sein Blick schweifte über eine Seekarte an der Wand und schien die riesige Wasserfläche zwischen Hamburg und Island zu streicheln. Er hätte die Stellen einzeichnen können, wo sich um diese Jahreszeit die Wellenberge wie Mauern auftürmten, acht oder gar zehn Meter hoch.

»Da es dringend ist, kommt es auf ein paar Pfennig mehr oder weniger pro Tonne nicht an und...«

Der Kapitän stand auf und schenkte sich selbst noch ein Glas ein.

»Ich nehme an!« sagte er.

Eine gräßliche Fracht, diese großen Eisenteile. Wenn sie nicht sorgfältig getrimmt werden, geraten sie beim geringsten Schlingern ins Rutschen und drohen ein

Loch in die Schiffswand zu schlagen. Und eine gräßliche Route im November, vor allem mit einem so schmalen Schiff wie der *Himmeldonnerwetter.*

Aber was soll's!

»Wann wird verladen?«

»Wir beginnen heute nachmittag. Ich bringe Ihnen den detaillierten Frachtvertrag an Bord. Bis morgen abend ist alles verstaut ...«

In einer kleinen Kneipe in der Nähe des Bahnhofs trank er noch ein Bier, dann kehrte er schließlich in das ihm vertraute Hafengelände zurück. An seinen Schuhen klebte Schlamm, und sein grauer Hut war naß geworden. Als er an Bord eintraf, waren die Kräne mit dem Löschen der Ladung gerade fertig, und der Bootsmann, der vom Besuch beim Arzt zurückkam, überreichte Moinard ein Attest.

Lannec ging zuerst in die Messe hinunter.

»Campois!«

Der Steward ließ sich sofort blicken, mit traurigem, ganz verstörtem Gesicht.

»Was hat sie gesagt?« flüsterte der Kapitän und zeigte auf die geschlossene Tür.

Der Campois zog unter der grünen Tischdecke, wo er ihn versteckt hatte, einen gelben Briefumschlag hervor.

Ich werde nicht zurückfahren. Das Schiff gehört genausogut mir wie dir.

Das war alles, was Mathilde geantwortet hatte, und Lannec trommelte in seiner Wut mit beiden Fäusten an ihre Tür.

»Mathilde! Mathilde! Ich muß mit dir reden ...«

Leise Geräusche in der Kabine, eine halb geöffnete Tür, ein bleiches Gesicht, eine Gestalt, die keinerlei Erregung verriet.

»Wir übernehmen Fracht für Island!«

»Ja und?«

»Da kannst du nicht mitkommen.«

»Das werden wir ja sehen.«

»Aber Himmeldonnerwetter, was ist denn ...«

Die Tür schloß sich wieder, und ihm blieb nichts anderes übrig, als Moinard zu suchen.

»Georges, mein Lieber, man bietet uns ein großartiges Geschäft an: Eisenbahnwaggons in Einzelteilen für Reykjavik.«

Moinard betrachtete den rauchgrauen Himmel, dann das Wasser, das selbst mitten im Hafen wie in einem großen Kessel hin und her schwappte.

»Was hältst du davon?«

»Und deine Frau?«

»Also, glaubst du vielleicht, ich lehne ein Geschäft ab, nur weil eine Pitard ...«

Er schlug mit der Faust auf den Kartentisch und erklärte:

»Wir nehmen an, Himmeldonnerwetter! Da hat sie eben Pech gehabt. Wenn wir schon so weit sind, daß Frauen an Bord das Kommando führen ...«

Eine halbe Stunde später rieb er sich in seiner Kammer mit einem Tuch den Schlamm von den Schuhen und bürstete sorgfältig die Enden seiner Hosenbeine aus.

»Gilles!« rief er, als der Offizier gerade die Messe betrat. »Haben Sie Lust, heute einen draufzumachen?«

»Wenn Sie wollen.«

Gemeinsam zogen sie los, während Moinard an Bord blieb, um das Stauen der Fracht zu überwachen.

»Ich kenne ein Restaurant, irgendwo da drüben ...«

Sie verliefen sich und brauchten eine halbe Stunde, bis sie das Restaurant fanden. In der Nähe des Fensters aßen sie zu Mittag.

Vor über sechs Jahren hatte Lannec hier einmal eine kleine, ziemlich abgebrühte Brünette kennengelernt, mit der er ins Kino gegangen war. Deshalb sah er sich jetzt alle Damen an den Tischen an, aber sie waren entweder in Begleitung oder kümmerten sich nicht um die beiden Männer.

»Paul hat sich in meine Frau verliebt, nicht wahr? Aber ja! Du kannst es ruhig zugeben! Ob er oder Marcel, das ist mir egal!«

Er war aufgekratzt. Er redete laut und bestellte rasch hintereinander drei Flaschen Rheinwein.

Um drei Uhr wanderten sie unter den Arkaden des Hauptbahnhofs entlang, wo zwischen zwei Zeilen von Geschäften immer dichtes Gedränge herrscht.

»Was hältst du von der? Nur schade, daß sie allein ist ...«

Sie brauchten zwei. Ein halb Dutzend Mal folgten sie zwei Frauen, kehrten dann aber wieder um, sobald sie merkten, daß sie nicht beachtet wurden. Dabei war es hier gewesen, wo er bei einer Reise im vorigen Jahr ...

»Bis Reykjavik wird uns das Lachen schon noch vergehen! Und ich kenne eine, der wird unterwegs verdammt schlecht werden. Sag mal, kannst du dir eigentlich vorstellen, was sie damit bezweckt?«

Seit sie ein paar Schnäpse getrunken hatten, duzte er Monsieur Gilles, der inzwischen einen hochroten Kopf und glänzende Augen hatte.

»Keine Ahnung.«

»Himmeldonnerwetter, ich auch nicht! Wenn sie bloß zugäbe, daß sie mich angelogen hat! Aber sie hat mich nicht angelogen! Ich kenne diesen Marcel, und mir hätte gleich was schwanen müssen ... Achtung! ...«

Zwei Frauen gingen vorüber und blieben dann vor einem Schaufenster stehen. Die Männer stellten sich lächelnd hinter sie, und die beiden lächelten zurück.

Lannec konnte nur ein paar Brocken Deutsch, aber er sprach fließend Englisch.

Lannec und Monsieur Gilles folgten den Frauen von Schaufenster zu Schaufenster, und letzten Endes betraten sie gemeinsam ein Kino.

Eine der beiden war groß und gut gebaut; sie hatte sanfte Züge und ein nachsichtig spöttisches Lächeln. Für sie entschied sich Lannec. Die andere, kleiner und magerer, mit winzigen, spitzen Brüsten, konnte nicht stillsitzen und schäkerte unentwegt mit Monsieur Gilles, der verlegen grinste.

Erst tranken sie etwas an der Bar des Kinos, dann einen Aperitif in einem großen Café, in dem wie im ›Chandivert‹ eine Kapelle spielte.

Lannec strahlte über das ganze Gesicht. Beim Reden brachte er Französisch, Englisch und seine paar Brocken Deutsch durcheinander, während seine Begleiterin, sie hieß Anna, ihm auf englisch antwortete.

Die Mädchen lotsten die beiden Männer in ein Vergnügungslokal in Sankt Pauli, in dem getanzt wurde, und Monsieur Gilles verbrachte mit seiner Eroberung die halbe Zeit auf der Tanzfläche.

»Hast du wirklich ein Schiff? Ein großes?«

»Ja, ein großes.«

»Warum bist du dann nicht wie ein Seemann angezogen?«

Sie tranken jetzt Sekt, und Lannec erklärte lautstark, worin der Unterschied zwischen deutschem Sekt und echtem französischem Champagner besteht.

Um Mitternacht waren sie betrunken. Monsieur Gilles beschwor leise seine Begleiterin, die Else hieß, unauffällig mit ihm zu verschwinden. Aber sie wollte sich nicht von ihrer Schwester trennen, denn Anna, so behauptete sie, sei ihre Schwester.

»Alle Mann an Bord!« befahl Lannec mit dröhnender Stimme. »Wir zeigen euch jetzt, was echter Champagner ist!«

Beinahe wäre nichts daraus geworden, weil die beiden Frauen Angst bekamen, als sie die Lagerschuppen sahen, an denen sie vorüber mußten. Wegen der Pfützen und des Schlamms trug Monsieur Gilles sein Mädchen auf den Armen, und um ein Haar wäre er mit ihr gestürzt.

»Hallo! Ist denn keiner da auf der *Himmeldonnerwetter*?« rief Lannec, sobald sie vor dem Brett standen, das als Gangway diente.

Der Campois tauchte aus der Dunkelheit auf und schwenkte eine Laterne.

»Reich diesen Damen die Hand!«

Erst an Bord wurden sie wieder zuversichtlich, vor

allem in der Messe, wo die Männer ihnen die Mäntel abnahmen.

»Champagner!« verlangte Lannec. »Und such das Glas Kaviar, das da noch irgendwo sein muß!«

Grimmig schaute er auf Mathildes Tür.

»Und du, mein Täubchen, du kommst jetzt hierher!«

Er sprach französisch, weil er vergessen hatte, daß Anna das nicht verstand. Aber er drückte ihr ein paar geräuschvolle Küsse auf die Wangen, egal wohin, denn er dachte nur daran, daß nebenan eine bleiche Mathilde lauschte.

»Drei Flaschen! Vier Flaschen!« rief er dem Campois zu, der mit einer Miene hin und her lief, als sei er an allem schuld.

Lannec war entsetzlich müde, aber er biß die Zähne zusammen und betrachtete Anna, wild entschlossen, sie begehrenswert zu finden.

»Mein lieber Gilles, genier dich bloß nicht! Wir sind *auf unserem eigenen Schiff*...«

Seine kleinen Augen lachten, wurden plötzlich hart und lachten von neuem, dann überkam ihn das Verlangen, der bewußten Tür einen heftigen Faustschlag zu versetzen.

»Ja, *auf unserem Schiff*, Himmeldonnerwetter noch mal!«

5

Man brauchte ihn nicht zu wecken: unter welchen Umständen auch immer, morgens um sechs – im Sommer schon um fünf oder gar um vier Uhr – war Émile Lannec auf den Beinen. Als er diesmal die Augen aufschlug, stellte er fest, daß in seiner Kammer Licht brannte und er mit Schuhen und in seiner gestreiften Hose in der Koje lag.

Während er aufstand und den Waschraum aufsuchte, tauchten in seiner Erinnerung zwei oder drei klare Bilder auf, und damit gab er sich zufrieden... Die sanfte Anna, die seinen Mund mit seltsam schmelzenden Küssen bedeckte und ihm dabei unter seinem offenen Hemd die Brust streichelte... Ein schwankender Monsieur Gilles, der das andere deutsche Mädchen in eine Ecke der Messe trug... Er putzte sich energisch die Zähne, spülte mit Mundwasser nach und zündete sich die erste Pfeife des Tages an, um den Geschmack loszuwerden, der sich hartnäckig auf seiner Zunge hielt.

Als er die Tür öffnete, steckten seine nackten Füße in Lederpantoffeln. Die Hose drohte ihm über die Hüften zu rutschen, und seine dicke Arbeitsjacke war nur halb zugeknöpft. Die Messe lag im Dunkeln. Er blieb einen Moment stehen, hörte mehrere Menschen atmen und nahm undeutlich ein Gesicht und den bloßen Fuß einer Frau wahr.

Im Vorübergehen zuckte er mit den Schultern. Dann betrat er die Kombüse, wo der Campois damit beschäftigt war, den Kaffee zu filtern. Auf dem Tisch sah Lannec leere Champagnerflaschen und schmutzige Gläser, und mürrisch warf er dem Steward einen flüchtigen Blick zu.

»Gib mir meinen Kaffee!«

Er trank ihn im Stehen, halb in der Kombüse, halb an Deck. Es war sehr kalt. Er sah die gleichen Straßenbahnen wie tags zuvor, und als der Tag am Horizont heraufdämmerte, konnte er die dunklen Umrisse der Menschen ausmachen, die schnell an Hauswänden entlangschritten, und er stellte sich ihre roten Nasen vor, die Hände, die sie frierend in ihren Taschen vergruben.

»Hat man noch nicht mit dem Verladen begonnen?« fragte er den Fécampois, als er die gähnend leeren Frachträume erblickte.

»Es ist ich weiß nicht was dazwischengekommen. Sie stauen erst heute vormittag.«

Aus der Back strömten nach und nach noch schlaftrunkene Männer heraus und holten sich ihren großen Becher Kaffee. Dann war unten ein Geräusch zu hören. Im nächsten Moment erschien Moinard, knöpfte sich im Gehen die Jacke zu und reichte, wie jeden Morgen, dem Kapitän die Hand. Ohne irgendeine Anspielung auf die nächtlichen Ereignisse sagte er nur:

»Wir sollen um sieben Uhr am Kai 27 sein. Gestern hat's Scherereien gegeben, aber der Makler hat mir am Abend erklärt, es sei jetzt alles geregelt.«

»Gut! Klarmachen zum Ankerlichten!« befahl Lannec.

Er ging hinunter. Das Licht in der Messe war so trüb wie die noch halbvollen Gläser auf dem Tisch. Monsieur Gilles hatte sein Nachtlager wie gewöhnlich auf der Sitzbank aufgeschlagen und schlief mit offenem Mund. Eine Hand hing auf den Boden hinunter. Die eine der beiden Frauen hatte sich ihren Mantel zu einem Kopfkissen zusammengerollt, und die andere, die sehr unbequem lag, schlug gerade langsam die Augen auf.

»Aufstehen!« knurrte Lannec und rüttelte die Schläfer.

Er versuchte nicht mehr, deutsch zu sprechen, und hatte sogar vergessen, daß die Frauen ja englisch konnten. Sein Blick war hart. So wie er in seiner Arbeitskleidung vor ihnen stand, strahlte er eine solche Brutalität aus, daß sie ihren Begleiter vom Vorabend kaum wiedererkannten.

Anna wollte noch einmal einschlafen. Die andere stöhnte leise und verlangte ein Glas Wasser. Lannec goß es ihr selbst ein, zerrte beide gewaltsam hoch und reichte ihnen ihre Kleidungsstücke, wie's grade kam.

Auf seinem Notlager sitzend schaute Monsieur Gilles verdutzt dieser Szene zu, denn er kam wie alle jungen Leute nur langsam zu sich.

Die Kleider waren zerknittert. Die hinuntergerutschten Seidenstrümpfe ringelten sich wie Korkenzieher um die Beine, und Anna war ein Strumpfband gerissen. Die nackte Haut, vor allem an den Schenkeln, sah bei dieser Beleuchtung ganz fahl aus.

Lannec ging für einen Augenblick in seine Kammer, kehrte mit zwei Hundert-Franc-Scheinen wieder und drückte jeder Frau einen in die Hand. Sie protestierten.

Sie wollten Mark haben, doch er hörte ihnen gar nicht zu, sondern schob sie zur Treppe.

Er lauschte auf die Geräusche an Deck. Man holte bereits die Trossen ein. Kaum fünf Minuten nachdem sie die Augen aufgeschlagen hatten, fanden sich die zwei noch verschlafenen Mädchen auf dem kalten, grauen Kai wieder, während das Schiff bereits seinen Anker lichtete.

Lannec, der zu Moinard auf die Brücke zurückgekehrt war, übernahm das Kommando. Trotzdem warf er zwischendurch einen Blick auf die beiden Gestalten, die sich nicht dazu entschließen konnten wegzugehen und die von da oben betrachtet, wo er stand, etwas so Klägliches an sich hatten, daß er seinen Gefährten mit dem Ellbogen anstieß und ein schwaches Lächeln andeutete.

Er hatte sich nicht die Mühe gemacht, sein Gedächtnis zu durchforschen, nur einen Augenblick lang fragte er sich, ob er Annas Liebhaber gewesen war.

»Wo ist denn dieser Kai 27?«

Nein! Bei ihm war es wohl doch nicht so weit gegangen. Und was Monsieur Gilles betraf...

»Maschine langsam voraus!...«

Im überfüllten Hafen war das Manövrieren schwierig, doch Lannec, die Pfeife zwischen den zusammengebissenen Zähnen, setzte seinen Ehrgeiz daran, es in kürzester Zeit zu bewältigen, ohne lange zu fackeln, allerdings nicht ohne seinen Ersten Offizier in Angst und Schrecken zu stürzen.

Der Kai 27 kam in Sicht. Und dort stapelten sich auch Räder, Achsen und Drehgestelle von Eisenbahnwaggons, aber für die *Himmeldonnerwetter* reichte der Platz zum Anlegen kaum aus, weil schon zwei Ostsee-Klipper, zwei kleine Segler mit kaum vierhundert Tonnen Tragfähigkeit am Kai festgemacht hatten.

»Irgend etwas stimmt da nicht!« brummelte Lannec, während er sich hinunterbeugte und die Maschine stoppen ließ.

Er spürte es. Er sah fünf Männer am Kai stehen, die das Manöver der *Himmeldonnerwetter* beobachteten, und er erkannte den Schiffsmakler, der sich von der kleinen Gruppe entfernte, dicht an den Rand des Hafenbeckens trat, die Hände als Schalltrichter an den Mund legte und etwas rief, was allerdings nicht zu verstehen war.

»Fahren wir trotzdem ran?«

Die Männer in gelben Holzschuhen, die dort standen, waren sicher die Kapitäne der beiden Klipper, und das Ganze sah nach einer Verschwörung aus, die Lannec von Anfang an gewittert hatte.

»Mach dich auf was gefaßt!« brummte er.

Er jagte ihnen allen Angst ein. Er fuhr vorwärts, bis er den ersten Segler fast streifte, stoppte jäh, setzte das Schiff zurück und brachte es mit einem einzigen Schwung längs der Kaimauer. Es kam genau in dem Moment zum Stillstand, in dem das Heck der *Himmeldonnerwetter* den Bugspriet des zweiten Seglers abzureißen drohte.

Daß hier etwas faul war, zeigte sich daran, daß sich niemand rührte, um die Trossen aufzunehmen, bis sich schließlich der Schiffsmakler dazu aufraffte. Einige Minuten später war er an Bord. Völlig aufgelöst und wild gestikulierend erklärte er in seinem schlechten Französisch, daß von der Fracht für Island keine Rede mehr sei.

Mit verquollenen Lidern und zusammengekniffenen Augen hörte Lannec ihm wortlos zu. Dabei wanderte sein Blick unablässig zu seinen Konkurrenten hinüber, die noch immer an Land standen und den Eindruck erweckten, als wollten sie ihm den Kampf ansagen.

Was war geschehen? Die Isländer, die die Eisenbahnteile bestellt hatten, bestanden im Kaufvertrag ausdrücklich darauf, daß das Material so schnell wie möglich geliefert werden müsse, daß aber bei gleicher Frachtrate eine dänische Reederei vorzuziehen sei, da Island ja zu Dänemark gehörte.

Am Abend zuvor hatte sich nun der dänische Konsul darauf besonnen, daß das Postschiff nach Island in fünf Tagen in Kopenhagen auslaufen und nur sechs Tage bis Reykjavik brauchen würde.

Die beiden Klipper verpflichteten sich, die Fracht in der vorgesehenen Zeit nach Kopenhagen zu transportieren.

»Warten Sie einen Moment auf mich!« herrschte Lannec den Schiffsmakler an.

Der Widerstand, auf den er stieß, kam ihm gerade recht. Binnen fünf Minuten war er fertig. Allerdings trug er jetzt nicht wie tags zuvor einen Anzug, in dem er wie ein Handlungsreisender oder wie ein Bankangestellter aussah, sondern er hatte einen Arbeitsanzug aus derbem, blauem Tuch an, eine Seemannsmütze auf dem Kopf, und er war nichteinmal rasiert.

Bis zehn Uhr vormittags hörte Moinard nichts von

ihm, und die Schauerleute, die die Fracht verladen sollten, traten von einem Fuß auf den anderen, während die Kapitäne der Klipper ab und zu vorbeigingen und dem französischen Schiff giftige Blicke zuwarfen.

Um halb elf hielt ein Taxi, und Lannec sprang heraus, gefolgt von dem kleinen Makler, der aufgeregter war denn je.

»Laden!« schrie er, noch ehe er an Bord ging.

Es war ausgestanden! Er hatte die Partie gewonnen, denn er war in ganz Hamburg herumgelaufen, hatte drei Konsuln besucht, mit Kopenhagen telefoniert und kaute noch auf einer riesigen Zigarre herum, die man ihm irgendwo angeboten hatte.

Auf sein Zeichen hin begannen die Kräne zu quietschen, und das erste Drehgestell samt seinen Rädern schwebte über die Ladeluke.

Allerdings sah Lannec, sobald er auf der Brücke eintraf, Moinard seltsam verstohlen von der Seite an. Noch ehe er ein Wort verlauten ließ, goß er sich etwas zu trinken ein, räusperte sich, stopfte eine Pfeife und machte sich an verschiedenen Dingen zu schaffen, um Zeit zu gewinnen.

»Übrigens, Georges ...«

Wenn er diesen demütigen Ton anschlug und sein Blick so unstet flackerte, hieß das, daß er eine Dummheit gemacht oder zumindest unbesonnen gehandelt hatte.

»Weißt du, wie ich sie rumgekriegt habe?«

Bei jedem Eisenstück, das im Frachtraum landete, vibrierte das ganze Schiff, und man hätte glauben können, sein eiserner Rumpf breche gleich auseinander.

»Vier Tage bis Kopenhagen und sechs Tage mit dem

Hochseefrachter, das macht zehn Tage. Dazu kämen noch die Kosten fürs Umladen. Ich habe mich im Frachtvertrag dafür verbürgt, daß wir nicht länger als zehn Tage brauchen und für jeden Tag Verspätung Schadenersatz leisten ...«

Sein verächtlicher Blick durchbohrte die zwei kleinen Klipper.

»Das wird hart!« knurrte er, während er ins Kartenhaus ging und die Karte des Nordatlantiks ausbreitete.

In groben Zügen zeichnete er die Route ein, griff die Entfernungen mit dem Stechzirkel ab und rechnete sie auf einem Zettel aus.

»Fast achtzehnhundert Meilen! Wir schaffen acht Knoten. Viel Spielraum haben wir nicht, und die Windsbraut darf uns höchstens einmal begegnen, aber nicht zweimal. Jetzt muß ich noch einmal weg. Mir scheint, unsere Taue sind nicht stark genug, um die schweren Teile im Frachtraum richtig zu trimmen ...«

Zwei Stunden später kehrte er zurück, auf dem Beifahrersitz eines Lieferwagens, von dem Stahlseile und neue Trossen abgeladen wurden.

Es regnete gerade nicht, war aber immer noch kalt, und die Dächer der Häuser hoben sich scharf gegen den bleichen Himmel ab, der wie Eis aussah.

Seit dem Morgen hatte Lannec nicht ein einziges Mal nach seiner Frau gefragt. Zwischendurch war er jedoch immer wieder mal in die Messe hinuntergegangen und ein paar Minuten dort geblieben, als warte er auf etwas. Beim dritten Mal, gegen fünf Uhr nachmittags, traf er Mathilde an. Sie saß an dem Tisch, auf dem wieder die grüne Decke lag, und schrieb einen Brief. Aber noch ehe er den Mund aufmachen konnte, stand sie auf und entschwand samt ihrem Bogen Papier und dem Federhalter in ihrer Kabine, ohne ihn auch nur eines Blickes zu würdigen.

»Mathilde!« rief er ihr fast schüchtern nach.

Sie antwortete nicht. Da zuckte er nur mit den Schultern. Es bedrückte ihn, dennoch war er wütend auf sie, aber auch auf sich selbst.

Er hatte sie nur einen kurzen Moment gesehen, und dabei war es ihm so vorgekommen, als habe sie abgenommen. Sie war blaß, hatte Schatten unter den Augen und einen bitteren Zug um den Mund.

Ihm fiel die Ohrfeige wieder ein. Es war mehr als eine Ohrfeige gewesen! Seine schwere Pranke hatte ihre Wange mit voller Wucht getroffen. Es hatte laut geklatscht, ein Geräusch, das er nicht vergessen konnte. Was mochte eine Frau empfinden, wenn sie derart geschlagen wurde, sich dabei völlig wehrlos fühlte und vielleicht noch weitere Schläge befürchtete?

In der vagen Hoffnung, darauf etwas lesen zu können, griff er nach dem Löschblatt. Schrieb seine Frau an ihre Mutter oder an Marcel?

»Mathilde!«

Er sprach leise, denn er wollte nicht, daß der Campois etwas merkte.

»Hau ab!« das war alles, was er von jenseits der Tür zu hören bekam.

Er zog seine Jacke aus und stieg in den Frachtraum hinunter, denn er wollte selbst das Stauen der Ladung überwachen. Nördlich von Schottland stieß man nicht selten auf zehn Meter hohe Wellen. Wenn sich in einem solchen Moment ein großes Teil losriß und im Bauch des Schiffes herumtanzte, bedeutete das unweigerlich eine Katastrophe.

Man hatte zusätzliche Lampen eingeschaltet, um wirklich genau zu sehen. Lannec hatte die Ärmel hochgekrempelt, stieg über Achsen, hob Räder hoch und verknotete eigenhändig die Taue. Ab und zu stieß er einen Mann, der ihm nicht schnell genug war, beiseite und packte selbst an, so daß seine Muskeln anschwollen und sich sein Brustkorb wölbte.

Trotzdem war er mit den Gedanken woanders. Plötzlich hörte man ihn rufen:

»Holt den Funker!«

Kurz darauf entdeckte er die schlaffen Gesichtszüge und das eine Auge von Paul Lenglois, der sich über die Luke beugte.

»Komm hier runter!« befahl er.

Man mußte auf einer Leiter hinunterklettern, und Lenglois stellte sich dabei nicht gerade geschickt an. Lasch und verträumt, wie er nun einmal war, schaffte er es, sich noch bei den leichtesten Arbeiten zu verletzen.

Unten im Frachtraum sah Lannec, während der riesige Haken eines Krans über seinen Kopf hinwegschwebte, den Funker fest an.

»Du gehst jetzt zu meiner Frau ...«

Und weil Lenglois rot wurde, fügte er hinzu:

»Stell dich nicht dumm! Sie hat doch genau gemerkt, daß du eine Schwäche für sie hast. Du vergißt wohl, daß sie mir schon Hörner aufgesetzt hat ...«

»Sie wird mich nicht reinlassen«, stammelte Lenglois.

»Hast du's schon versucht?«

Lannec war sicher, daß er richtig vermutete. Der Funker mußte wohl in der Nähe der Kabine herumgeschlichen sein, gewiß nicht mit sträflichen Absichten, sondern nur, um die junge Frau zu trösten.

»Hat sie dir nicht aufgemacht?«

»Sie weinte ... Da habe ich durch die Tür gefragt, ob ihr etwas fehlt ...«

»Na, du probierst es eben noch einmal. Laß nicht lokker! Und wenn du vor ihr stehst, erklärst du ihr so, als ob das deine Idee wäre, daß sie unmöglich mit uns mitkommen kann. Bist du schon mal in Island gewesen?«

»Auf einem Fischkutter.«

»Dann weißt du ja, was das heißt. Wir haben so schon genug Sorgen!«

»Und wenn sie nicht will?«

Lannec zuckte die Schultern und ging auf die Schienen zu, die sich gerade vom Ende eines Kranarms herabsenkten. Lenglois war noch keine drei Minuten fort, als der Kapitän den Kopf in den Nacken warf, die Leiter erklomm, eilig über das Deck lief und sich über den Niedergang beugte, der zur Messe führte.

Er kam gerade rechtzeitig, um noch zu hören, wie sich die Tür zur Kabine seiner Frau öffnete und wieder schloß.

Der Funker war also drinnen!

»Wo ist der Bootsmann?« fragte Lannec den Fécampois, der dicht neben ihm vorüberging.

»Heute morgen hat er sich einen neuen Verband anlegen lassen. Dann hat ihm einer der Hafenarbeiter von einem Wunderdoktor erzählt, und zu dem ist er vor einer halben Stunde gegangen.«

Lannec redete, nur um etwas zu sagen. In Wirklichkeit verging er vor Ungeduld. Er fragte sich, was die beiden da unten sich wohl erzählen mochten.

»Wieviel Flaschen haben wir letzte Nacht getrunken?«

»Sechs, samt einer Flasche Chartreuse. Wissen Sie eigentlich, daß die Damen vorhin wiedergekommen sind? Sie wollten an Bord, aber ich habe geschworen, Sie seien nicht da...«

Wieder zuckte Lannec mit den Schultern. Dann warf er einen Blick auf die restliche Fracht und rechnete aus, wie lange es dauern würde, bis sie verstaut war. Falls die Schauerleute bereit waren, Überstunden zu machen, könnte die *Himmeldonnerwetter* noch an diesem Abend in See stechen.

Er, Lannec, mußte vorher noch einmal ins Hafenamt und zum Gesundheitsdienst.

Der Funker kam noch immer nicht zurück. War Mathilde etwa dabei, ihn rückhaltlos ins Vertrauen zu ziehen? Mit großen Schritten wanderte er an Deck auf und ab, dann sah er Moinard.

»Wann kommt die Flut?«

»Der Lotse meint, wenn wir um neun Uhr auslaufen können, schaffen wir es noch mit dem Ebbstrom. Wenn nicht, dann morgen früh...«

»Würdest du mir die Formalitäten abnehmen?«

Am Kai entdeckte er den Vormann der Schauerleute und versprach ihm ein dickes Trinkgeld, falls sie mit dem Verladen rechtzeitig fertig würden.

Er hätte gern zehnmal mehr Arbeit gehabt. Er wurde immer wütender. Nirgends fühlte er sich wohl. Als er wieder an Bord kam, sah er endlich Paul Lenglois, der an Deck auftauchte und seine Erregung zu verbergen suchte.

»Was hat sie gesagt?«

Der arme Funker hatte einen roten Kopf, und sein Auge blickte überall hin, nur nicht geradeaus, während er mit den Fingern an seiner Jacke herumnestelte.

»Sie will nicht weg.«

»Und hat sie dir gesagt warum?«

»Nein, sie hat keinen Grund genannt.«

»Das ist ja noch am allerschönsten! Hast du ihr erklärt, daß uns der Sturm mächtig beuteln wird?«

»Ich habe ihr sogar gesagt, daß die *Himmeldonnerwetter* mit Mann und Maus untergehen könnte«, gestand der Funker seufzend.

»Du brauchst nicht gleich zu übertreiben. Was erzählt sie sonst?«

»Sie erzählt nichts.«

Lannec stampfte mit dem Fuß auf.

»Aber verdammt noch mal, ihr seid doch nicht bloß für drei Sätze zwanzig Minuten lang allein gewesen!«

»Ich schwöre Ihnen ...«

»Sicher hat sie dir erzählt, daß ich ein Unmensch bin!«

»Nein. Von Ihnen hat sie nicht geredet ...«

»Von wem dann?«

»Von niemandem ... Vom Schiff ... Sie hat mich gebeten, ihr eine Karte hinunterzubringen und ihr jeden Tag zu zeigen, wo wir sind ...«

»Na und?«

»Ich habe es versprochen. Unter der Bedingung, hab ich gesagt, daß Sie damit einverstanden sind.«

»Sonst noch was?«

Lenglois bekam einen noch roteren Kopf. Lannec spürte, daß der Funker ihn zu hassen begann, aber das war ihm egal.

»Was hast du da in deiner Tasche?«

»Einen Brief.«

»An wen?«

»Ich habe geschworen, ihn zur Post zu bringen, ohne ihn zu zeigen.«

»Ach, scher dich doch zum Teufel!« schnaubte Lannec, während er davonstapfte.

Er kochte um so mehr, als er seinen üblichen Mittagsschlaf nicht gehalten und letzte Nacht kaum drei Stunden geschlafen hatte. Es war wieder dunkel geworden. Bogenlampen beleuchteten manche Stellen des Kais und ließen die anderen noch finsterer erscheinen. An Bord herrschte ununterbrochen ein solches Getöse, daß einem allmählich die Ohren dröhnten.

»Soll ich zum Hafenamt gehen?« fragte Moinard, der in einem Straßenanzug von der Brücke herunterkam, die gelbe Ledermappe unterm Arm.

»Ja, gut!«

»Soll ich den Lotsen noch für heute abend bestellen?«

»Bestell von mir aus den Teufel, wenn's dir Spaß macht!«

Im Augenblick wäre es ihm lieber gewesen, wenn sich seine Frau zehn, zwanzig oder fünfzig Liebhaber genommen hätte! Er wäre lieber der größte Hahnrei unter allen Kapitänen der Handelsmarine gewesen.

Was er dagegen nicht ertrug, was ihn außer Rand und

Band brachte und völlig hilflos machte, war die Tatsache, daß er das Ganze nicht begriff.

Warum war sie so verbohrt?

Man tut nichts ohne Grund, nichteinmal als Frau. Und das war kein Leben für sie, sich wochenlang in der Kabine eines Frachters einzuschließen.

Zwei- oder dreimal hatte er den Fécampois ausgefragt, und der hatte schließlich zugegeben, daß sie sich erbrach.

Aber was erhoffte sie sich davon? In Caen könnte sie sich mit ihrem schwindsüchtigen Dummkopf von Marcel treffen. Lannec wanderte an Deck auf und ab, beugte sich über die vordere Ladeluke, dann über die hintere. Als er Mathias, dem Leitenden Ingenieur begegnete, pflanzte er sich vor ihm auf.

»Verstehen Sie das?«

»Was?«

»Daß meine Frau hierbleibt! Nichts kann sie dazu bewegen, an Land zu gehen!«

»Vielleicht ist sie eifersüchtig«, wandte der Ingenieur vorsichtig ein.

»Das wird's sein! Sie setzt mir Hörner auf und ist selbst eifersüchtig!«

Er wiederholte es und weidete sich förmlich daran. Da kam der Bootsmann von seinem Wunderdoktor zurück, und Lannec winkte ihn zu sich.

»Was hat er denn gesagt?«

»Er hat mir eine Salbe gegeben und eine Formel.«

»Was für eine Formel?«

»Eine, die ich aufsagen soll, wenn ich mich mit der Salbe einreibe.«

Und das war derselbe Mann, der sich als Gespenst verkleidet hatte, um in der Kombüse einen Schinken zu stehlen! Ob er vielleicht selbst Angst hatte vor Geistern oder vor dem Teufel?

»Was will sie bloß von mir? ... Sachte, da drüben! ... Ihr drückt ja die Verschalung ein! ...«

Er spürte die Kälte nicht, die mit dem Einbruch der Nacht noch beißender wurde. Während er, die Hände in den Taschen seiner dicken Jacke, an Deck herumwanderte, zerknüllte er in der Tiefe einer Tasche ein Stück Papier. Er brauchte es nicht zu lesen. Es war dieser verdammte anonyme Brief, den er bei der Abreise von Rouen auf dem Tisch im Kartenhaus gefunden hatte.

Bild dir nicht zuviel ein ...

Die *Himmeldonnerwetter* hatte dennoch ihr Ziel erreicht! Lannec lachte hämisch. Plötzlich verging ihm das Lachen. Hatte das vielleicht heißen sollen, daß sie nicht mehr in ihren Heimathafen, also nach Rouen, zurückkehren würde?

Er ballte die Fäuste. War er nahe daran, schon genauso abergläubisch zu werden wie der Fécampois oder wie der Bootsmann?

»Ein Witzbold!«

Wer sonst hätte diesen Brief schreiben können? Ein Feind? Er hatte keine Feinde. Ein Neider? Das waren sie alle, weiß Gott, all die Kapitäne, mit denen er zur See gefahren war und die sich kein eigenes Schiff leisten konnten! Wegen der Wirtschaftskrise entließen die Reedereien einen nach dem anderen.

Doch das war noch lange kein Grund ...

»Worauf will sie hinaus?«

Er kniff die Augen zusammen, weil ihm auf einmal dämmerte, daß zwischen Mathildes Hartnäckigkeit und diesem Brief möglicherweise ein Zusammenhang bestand.

Er rief sich Namen in Erinnerung, Bilder: Mutter Pitard, das geizige alte Weib, wie sie über ihrem Schuhgeschäft hockte und ihre zwei Häuser verwaltete; Marcel, der sich über seine Geige beugte und den rührseligen kleinen Mädchen von Caen schmachtende Blicke zuwarf; Mathilde, mit der er in zwei Jahren Ehe keine zwanzig Tage am Stück zusammengelebt hatte und die ihn, vielleicht deshalb, stets ein wenig furchtsam angesehen hatte, wie einen Fremden.

Aber von da bis ...

Der Vormann der Schauerleute kam auf ihn zu, tippte sich an die Mütze und fragte in gebrochenem Französisch, ob Lannec französischen Cognac an Bord habe.

Er lächelte über das ganze staubgeschwärzte Gesicht, und Lannec klopfte ihm auf die Schulter.

»Komm mit, *Fritz*! Wir kippen uns jetzt einen alten Calvados hinter die Binde ...!«

Die *Himmeldonnerwetter* verließ den Hafen kurz nach neun Uhr abends. Die beiden Klipper lagen noch immer am Kai und hofften auf andere Fracht. Als das französische Schiff kaum eine halbe Kabellänge entfernt war, prasselten Steine, Bolzen und Eisenstücke aufs Deck, ohne aber jemanden zu treffen.

Lannec legte sich erst um drei Uhr früh schlafen, als sie bereits auf der Höhe des Leuchtturms von Cuxhaven waren und der Lotse von Bord gegangen war.

6

Seit sie vor drei Tagen in Hamburg ausgelaufen waren, hatte sich das Leben an Bord verändert. Von Rouen bis zur Elbe war die *Himmeldonnerwetter* gewissermaßen von Leuchtturm zu Leuchtturm gefahren, wie eine Straßenbahn, die sich von Haltestelle zu Haltestelle schleppt, so daß man kaum die Zeit gefunden hatte, sich auf die Reise einzustellen.

Jetzt hatte jeder wohl oder übel rund um die Uhr seinen festen Platz, Gewohnheiten hatten sich eingeschliffen, und jeder pflegte seine kleinen Marotten. Dies wurde um so deutlicher, weil es inzwischen unmöglich war, sich an Deck aufzuhalten, und man einen Winkel finden mußte, in den man sich verkriechen konnte.

Im dritten Jahrhundert vor Christus hatte ein phönizischer Seefahrer, der als erster in diese Gewässer vorgedrungen war, berichtet: »Dort gibt es nicht Wasser noch Luft, sondern ein Gemisch, gleichsam eine Lunge des Meeres, in der Wasser und Luft wabern und die aus allem eins macht.«

Obwohl es gerade nicht regnete, liefen dünne Rinnsale im Zickzack am Schornstein herab, der sich schwarz gegen einen farblosen Himmel abhob. Auf dem stets nassen Deck spiegelte sich im Morgengrauen da und dort das erste Tageslicht, und die Wände schwitzten, drinnen wie draußen; auch über die Stufen des Niedergangs floß Wasser hinunter, und es sickerte sogar in die Messe hinein.

Rund um das Schiff breitete sich milchige, kalte Unendlichkeit aus, in der man bisweilen die dunklen Umrisse eines Kutters ausmachen konnte, der aussah, als schwebe er in dieser Welt ohne Horizont im Raum.

Nachts schallte das anhaltende Sirenengeheul unsichtbarer Schiffe über das Meer.

Weit und breit kein Farbfleck, nur der rote Streifen auf dem Schornstein und das gelbe Ölzeug der Matrosen, die ab und zu über das Deck gingen. Jeder hatte seine Winterstiefel mit den Holzsohlen, die Handschuhe mit den gummierten Handflächen, seine Pullover und Schals hervorgeholt.

Lannec hatte Halsschmerzen, vielleicht weil er zuviel geraucht hatte, vielleicht von seinen Ausschweifungen in Hamburg. Nirgends fühlte er sich wohl, und an die zehn Mal am Tag machte er, verbissen und übelgelaunt, einen Rundgang durch sein Schiff, auf dem er seinen Platz zu suchen schien.

Auch an diesem Morgen wußte er gegen zehn Uhr nicht wohin mit sich. Auf hoher See hatte er, wie auch Moinard, viel mehr freie Zeit, denn Monsieur Gilles, der Bootsmann und sogar der Funker konnten die Brückenwache übernehmen.

Er klopfte seine Pfeife über der Reling aus, stieg in die Messe hinunter und ärgerte sich schon im voraus über das, was er dort vorfinden würde. Im Vorbeigehen hängte er die Öljacke an den Kleiderhaken, schlurfte zur Bank neben der Tür, setzte sich und hustete.

Mathilde war da. Neuerdings hatte sie sich angewöhnt, in der Messe zu sitzen. Sie brachte etwas zu nähen oder eine Stickarbeit mit, so daß die grüne Tischdecke ständig mit Fadenresten und Seidenflöckchen übersät und mit vergessenen Nadeln gespickt war.

Die Lampen brannten, denn auch bei Tag sah man hier nicht genug, um zu lesen. Am anderen Ende des Tisches saß Moinard mit gezücktem Bleistift vor den Mathematikbüchern, die er studierte, wobei er von Zeit zu Zeit Gleichungen und Formeln auf ein Blatt Papier kritzelte.

Daran war nichts Verwunderliches. Moinard, der Freiwache hatte, mußte sich schließlich irgendwo aufhalten. Und dennoch sträubte sich in Lannec etwas gegen diesen Anblick, als wäre er anstößig.

Wenn er und seine Frau sich in der Messe trafen, taten sie so, als sähen sie einander nicht und redeten kein Wort miteinander.

Diesmal nähte Mathilde nicht, sondern sie legte mit bedächtiger Miene Spielkarten in Reihen auf dem Tisch aus, während ihr Mann, der wußte, was an Bord vorhanden war, sich fragte, woher die Karten wohl stammten.

Was konnte er bloß tun? Er brachte es nicht über sich, hier sitzen zu bleiben und abwechselnd seine Frau und Moinard anzustarren!

Womit hatte er sich eigentlich auf den anderen Überfahrten beschäftigt, bei denen Mathilde nicht dabei war? Er hätte es nicht sagen können. Auf jeden Fall hatte er sich in den zwanzig Jahren, die er nun schon zur See fuhr, noch nie gelangweilt.

Auf dieser Reise vermißte er die vertraute Stimmung. Er fühlte sich an Bord nicht heimisch. Sein Schiff kam ihm nicht wie ein richtiges Schiff vor, das war es!

Seufzend stand er auf, griff wieder nach seinem Ölzeug und ging in die Kombüse, wo der Fécampois gerade Stiefel einfettete.

»Hast du meiner Frau die Spielkarten gegeben?«

Der Steward schüttelte den Kopf.

»Hat sie nicht dich darum gebeten?«

»Ich hab ihr nur gesagt, daß der Bootsmann welche haben müßte.«

Lannec kehrte in die »Lunge des Meeres« zurück, überquerte das Deck und erreichte die Brücke, wo der Bootsmann auf und ab ging, damit ihm wärmer wurde. Auch hier brannte die Lampe im Kompaßhaus vor dem Rudergänger, der eine gerötete Nase hatte.

»Jetzt fängt sie doch noch an, Patiencen zu legen!« knurrte er in sich hinein.

Er hatte seine Frau noch nie Karten legen sehen und spürte, wie ihm der Kamm schwoll.

Der Bootsmann, der den Kopfverband abgenommen hatte, sah komisch aus, weil seine Haut spannte und glänzte und er sie mit Talkum einpuderte. Mindestens zehn Minuten lang beobachtete Lannec ihn schweigend, was er seit einigen Tagen oft tat. Man hätte meinen können, er entdecke die Welt neu und versuche, die Menschen und die Dinge neu zu deuten.

»Sag mal, Bootsmann, hast du meiner Frau Spielkarten gegeben?«

»Sie hat mich darum gebeten.«

Warum glaubte Lannec plötzlich, der Bootsmann mache sich über ihn lustig? Er verzog doch keine Miene, und um seine Lippen spielte nicht der leiseste Anflug eines Lächelns.

»Legst du auch Karten?«

»Ich, ich kann's nicht sehr gut. Aber meine Frau ist im ganzen Viertel von Saint-Pierre dafür bekannt...«

Lannec runzelte die Stirn.

»Saint-Pierre in Caen? Ich dachte, du hast einen Lebensmittelladen in Le Havre.«

»Aber nein! Wir haben schon immer in Caen gewohnt. Madame Pitard ist sogar seit Jahren bei meiner Frau Kundin, und Mademoiselle Mathilde, ich meine die Frau Kapitän, die hab ich schon gekannt, als sie noch Zöpfe trug.«

»Wo ist denn dein Geschäft?«

»Zwischen der Metzgerei und dem Tabakladen, fünf Häuser von dem von Madame Pitard entfernt. Sie sind oft vorbeigegangen. Ihre Schwägerin, die läßt sich auch von meiner Frau die Zukunft vorhersagen.«

Lannec mußte sich täuschen, natürlich, aber er hatte das deutliche Gefühl, als blitze in den Augen des Bootsmanns beißender Spott auf. Einfach lächerlich! Trotzdem kehrte er ihm den Rücken und blickte aufs Meer hinaus, oder vielmehr in die weißliche Watte, durch die sich die *Himmeldonnerwetter* mit gleichbleibendem Keuchen vorankämpfte.

Um diese Zeit dachte er für gewöhnlich nicht an Caen, denn seine Erinnerungen waren vor allem Nachmittagserinnerungen. Wenn aber gegen vier Uhr alle Lampen angingen und die feuchte Luft einen Lichthof um sie ausbreitete, dann stiegen plötzlich Bilder aus der Stadt in ihm auf: er meinte die Straßenbahn zu sehen, die durch die Rue Saint-Pierre fuhr und dabei fast die Bürgersteige streifte, die beschlagenen Schaufensterscheiben und die schwarzgekleideten Bäuerinnen aus dem Umland, die sich von einem hellen Fleck zum nächsten bewegten und eine Horde Kinder hinter sich herzerrten.

In solchen Augenblicken dachte er auch an die Pitards und empfand dabei Reue und Gewissensbisse zugleich.

Was hatte er eigentlich in dieser Familie verloren? Er war doch nur eines Abends ins ›Chandivert‹ gegangen und hatte einem Mädchen zugelächelt, das Kuchen aß und dabei der Musik lauschte!

Und schon hatte er eine Schwiegermutter, einen Schwager, eine Schwägerin und einen Neffen, dessen verkrüppeltes Bein man vergebens dadurch geradezurichten versuchte, daß man es in ein Gestell aus Leder und Stahl zwängte.

Denn Mathilde hatte einen Bruder, Oscar Pitard. Ein Architekt, dem Madame Pitard die schönste Wohnung in ihrem Haus gegeben hatte.

»Dein Bruder muß seine Kunden empfangen. Da ist es nur gerecht, daß er besser untergebracht ist als du ...«

Kunden hatte er allerdings keine, oder kaum welche. Die Wahrheit sah so aus, daß Madame Pitard ihm Geld zusteckte, damit er überhaupt leben konnte, und trotzdem zollte sie ihm grenzenlose Bewunderung.

Wozu mußte der Bootsmann ihn an diese schauerlichen Marionetten erinnern? Jetzt sah er die Wohnung der Pitard wieder vor sich, in der man sich sonntags traf, und er hörte sich, wie er aus Langeweile erzählte:

»Als wir in Holland waren, bei den Protestanten ...«

Oscar Pitard fiel ihm ins Wort:

»Holland ist kein protestantisches Land. Es ist ...«

»Waren Sie schon dort?«

»Dazu brauche ich nicht hinzufahren. Das weiß ich auch so!«

»Aber ja, Émile! Oscar weiß das!« schaltete sich Mutter Pitard ein. »Dauernd widersprechen Sie ihm, wo er doch so gelehrt ist!«

Es war einfach verrückt! Selbst Mathilde mischte sich ein!

»Wenn Oscar dir sagt, daß ...«

Das war nichts, worüber er an Bord eines Schiffes nachgrübeln sollte. Es verdarb ihm alles. Er fühlte sich nicht wie auf See. Er fühlte sich nicht wie zu Hause.

Schon der Gedanke, daß Mathilde da war, daß sie Moinard gegenübersaß und sich die Karten legte ...

Noch etwas, was er nicht gewußt hatte! Seit der Bootsmann von seinem Laden geredet hatte, sah er ihn deutlich vor sich: ein schmales, spärlich beleuchtetes Schaufenster zwischen zwei größeren Geschäften. Man verkaufte dort alles mögliche, Gemüse, Räucherfisch, Salzheringe, Gewürze, und an der Theke wurden sogar Getränke ausgeschenkt, denn die Leute in der Normandie trinken ganz gern ein Gläschen, während sie ihre Einkäufe erledigen.

Wahrscheinlich gab es ein überheiztes Hinterzimmer, in dem die Frau des Bootsmanns ihren Kunden noch die Karten legte und aus dem Kaffeesatz las.

Dort ging die alte Pitard hin! Und Oscars Frau, die ständig kränkelte und der von der Familie angelastet wurde, daß sie ein behindertes Kind in die Welt gesetzt hatte!

Mathilde war wahrscheinlich auch Kundin ...

Wer mochte sie nur auf die Idee gebracht haben, an

Bord zu leben? Als sie ihm von dieser Absicht erzählt hatte, da hatte er nicht weitergedacht. Er hatte sich sogar geschmeichelt gefühlt, weil er gemeint hatte, es geschehe aus Liebe, und außerdem hatte er geglaubt, daß es nicht lange währen und sie nach einer Fahrt davon genug haben würde.

Mittlerweile war er nicht mehr so arglos. Er suchte nach Erklärungen, so ausgefallen sie auch sein mochten. Zweimal drehte er sich um und betrachtete mißtrauisch den Bootsmann, der immer noch auf und ab lief.

Auf dem Deck war von Steuerbord her ein Geräusch zu hören. Lannec beugte sich hinunter und sah einen Matrosen, der die Schnur einer Haifischangel einholte, an deren Ende, hundert Meter vom Schiff entfernt, eine unsichtbare Beute heftig im Wasser zappelte.

»Hallo! ... Kommt mal einer hierher! ...« schrie der Seemann, der es allein nicht schaffte.

Anscheinend hörte ihn niemand, und Lannec stürzte hinunter, um ihm zu helfen. Es tat ihm richtig gut, daß er mit beiden Händen an dieser Angelschnur ziehen konnte, die in die Haut schnitt.

»Hol die Harpune!« knurrte er den Mann an.

Er mußte sich gegen die Reling stemmen, so sehr wehrte sich das Tier am anderen Ende. Es gab immer mal einen Matrosen, der eine Angel mit einem Köder aus Hühnerfedern auswarf und von Zeit zu Zeit einen Hai fing.

Der Fécampois hatte ebenfalls etwas gehört und kam ihm zu Hilfe. Sie zogen zu zweit, während der dritte Mann die Harpune anlegte.

Das machte warm, dem Körper wie der Seele. Lannec

grübelte nicht mehr, er biß die Zähne zusammen und holte ruckweise die Angelschnur ein, die sich in seine Handflächen grub.

»Hol weg! ... Hol weg! ... Im Takt, Campois ...«

Das Zappeln kam näher; als es nur noch drei Meter vom Schiffsrumpf entfernt war, schoß der Matrose, der an der Reling stand, die Harpune ab. Sie traf den Fisch und ragte wie eine Fahnenstange aus dem Wasser heraus.

»Hiev hoch! ... Hiev hoch! ...«

Nach diesem minutenlangen Kraftakt entspannten sich die drei Männer und lächelten zufrieden, denn ein zwei Meter langer Hai glitt mit offenem Maul und blutender Flanke aufs Deck und versuchte vergebens, noch nach etwas zu schnappen.

Sah Lannec nicht bisweilen aus wie einer, dem man in seinem eigenen Haus den Stuhl vor die Tür gesetzt hatte? Er schlenderte zum Bootsmann zurück, der noch immer Wache ging. Dann trank er im Kartenhaus einen Calvados, warf einen Blick auf die Seekarte, und weil er nichts zu tun hatte, ging er in den Funkraum.

Noch ehe er eintrat, hörte er das Klappern einer Schreibmaschine, denn Paul Lenglois hatte eine Reiseschreibmaschine mit, auf der er seine Erzählungen tippte.

Während Moinard die Theorien Einsteins studierte, verfaßte der Funker Abenteuergeschichten für Kinderzeitschriften.

Lannec stieß die Tür auf.

»Ach, du arbeitest?«

Mal sagte er du, mal Sie, je nachdem wie er gelaunt

war. Wenn er den Funker jetzt duzte, dann deshalb, weil er ein uneingestandenes Bedürfnis nach Vertrautheit hatte. Er setzte sich auf den Stuhl vor den Geräten.

»Was schreibst du denn?«

Lenglois kam ihm verlegen vor, und als er auf dem Tisch ein bereits beschriebenes Blatt erblickte, griff er danach.

Die Polizei glaubt, endlich eine Spur der Mörder von Villefranche gefunden zu haben. Dem Vernehmen nach handelt es sich um ...

Lannec begriff, daß das die Nachrichten waren, die der Funker aufgenommen hatte.

Aus Rom wird gemeldet, daß die Piloten ...

Er stopfte eine Pfeife und ließ dabei seinen Blick durch den Raum schweifen.

»Schreibst du die Nachrichten neuerdings *auf der Maschine*?«

Für gewöhnlich begnügte sich Lenglois damit, bei Tisch den anderen die neuesten Ereignisse des Tages zu erzählen, und wenn etwas Aufsehenerregendes passiert war, berichtete er es Lannec sofort.

Die Blätter waren aber sehr sorgfältig getippt.

»Ist das für meine Frau?«

Er hatte richtig geraten. Zwar tat er so, als lache er darüber, doch in Wirklichkeit ärgerte es ihn.

»Betreibst du diesen Dienst schon lange?«

»Seit Hamburg. Ich habe geglaubt, ich könnte ...«

»Natürlich!«

Neben den bereits fertigen Blättern lag der Block, auf dem Lenglois die Nachrichten in aller Eile mitgeschrieben hatte. Wie beiläufig warf Lannec einen Blick darauf.

São Paulo de Luanda – Der deutsche Frachter Stadt Düsseldorf, *der dreißig Meilen vor der afrikanischen Küste in Brand geraten ist, hat während der ganzen Nacht Notrufe gesendet. Das Feuer ist in einer Ladung Rohwolle aus Australien ausgebrochen. Bis auf zwei Männer, deren Verbleib ungewiß ist, hat die Besatzung um vier Uhr morgens auf dem Vorschiff Zuflucht gesucht. Der Funker kündigte an, daß er nicht mehr lange durchhalten würde, weil der Rauch so dicht geworden sei, daß er seine Geräte nicht mehr sehen könne. Seither fehlt von der* Stadt Düsseldorf *jedes Lebenszeichen. Das nächste Schiff, die* Agen *von der Reederei Delmas befindet sich noch zehn bis zwölf Meilen vom Unglücksort entfernt.*

Lannec verzog keine Miene. Dabei kannte er die Küste da unten, auf der anderen Seite des Äquators, war selbst auf der *Agen* gefahren und malte sich aus, was sich dort unter einem schwülheißen Himmel abspielte.

»Schreibst du diese Meldung nicht ab?«

»Vielleicht besser nicht«, murmelte Lenglois, der von Tag zu Tag schüchterner wurde, als ob er gleichermaßen von Tag zu Tag mehr Grund hätte, sich klein zu machen.

»Schreib sie ab!«

»Meinen Sie wirklich?«

»Natürlich schreibst du sie ab! Und du gibst sie meiner Frau mit den anderen zusammen ...«

In seiner Stimme schwang mühsam unterdrückte Wut mit. War er nun der Herr an Bord oder nicht?

»Künftig tippen Sie alle interessanten Meldungen, und ich werde sie als erster lesen!«

Sprach's und knallte die Tür zu. Darauf blieb er minutenlang allein auf dem Bootsdeck stehen.

Was wäre, wenn auf der *Himmeldonnerwetter* ein Feuer ausbräche? In der Gegend, in der sie sich befanden, wäre es weniger schlimm als in der trostlosen Weite des südlichen Atlantiks. An Backbord lag kaum mehr als vierzig Meilen entfernt die schottische Küste, und an Steuerbord war Norwegen nicht weit.

Man sah zwar nichts, weder Land noch Schiff, aber rund um den Frachter waren andere Dampfer unterwegs, vor allem die Fischkutter, die mit dem Heringsfang begonnen hatten und beim ersten Notruf herbeigeeilt kämen.

Lannec lächelte beim Gedanken daran, wie Mathilde sich ängstigen würde, wenn sie diese Meldung las.

Geschah ihr ganz recht! Warum war sie nicht in Caen geblieben, um jeden Nachmittag bei den Geigenklängen dieses Dummkopfs von Marcel zu schmachten?

Das war es, was ihn ärgerte: daß es Dummköpfe waren, Kleinstadtgesindel, Marcel ebenso wie Oscar Pitard, die sich anmaßten, ihm sein Glück zu vermiesen!

Denn noch nie hatte er sich so glücklich gefühlt wie bei der Abreise von Rouen. Für ihn war die *Himmeldonnerwetter* trotz ihres Schornsteins, der so dünn wie ein Ofenrohr und so altmodisch wie eine Krinoline war, in diesem Moment das schönste Schiff auf der Welt gewesen.

Na gut, er war eben ein Verfechter der Krinoline! Er erklärte jedem, der es hören wollte, daß man derzeit nicht mehr imstande war, so solide und gleichzeitig so wendige Schiffe zu bauen!

Er war glücklich gewesen, basta! Und wenn er glücklich war, konnte er allen möglichen Leuten alles mögliche erzählen und sich regelrecht in Begeisterung reden.

Diese »Lunge des Meeres« stimmte ihn nicht traurig, ja nichteinmal melancholisch, ganz im Gegenteil. Er war so manches Mal bis Archangelsk gefahren, ohne sich auch nur eine Sekunde zu langweilen. Nur, damals hatte er sich auf seinem Schiff heimisch gefühlt! Er war ganz in seinem Element gewesen! Er hatte seine Pfeife geraucht und dabei den Blick in die Ferne schweifen lassen. Dann hatte er einen Schluck getrunken, die Anzeigen in einer drei Wochen alten Zeitung gelesen, eine Stunde geschlafen, mit Pierre oder mit Paul geplaudert...

Die Tage waren immer so schnell verstrichen, daß er völlig überrascht gewesen war, wenn er seinen Bestimmungshafen erreicht hatte.

Aber der Gedanke, daß Mathilde sich jetzt in der Messe die Karten legte!

Und wenn er erst daran dachte, daß er auf dem Weg in seine eigene Kammer durch diese Messe gehen und das verächtliche Gesicht seiner Frau sehen mußte!

Denn sie war es, die hier eine verächtliche Miene zur Schau trug!

Und damit hatte er nicht nur sie mit an Bord genommen, sondern alle Pitards, die Rue Saint-Pierre, das

Schuhgeschäft, den gelehrten Schwager und dessen behinderten Sohn und sogar die Frau des Bootsmanns samt ihrem Kaffeesatz!

All diese Bilder hatte er ständig vor Augen. Obendrein wurde er zum Narren gemacht und überwacht, damit er nur ja das Erbe der Pitards nicht vergeude!

Denn darum ging es eigentlich! Er hatte unglücklicherweise seine Schwiegermutter bitten müssen, einige Wechsel zu unterschreiben.

»Verdammt noch mal!« wetterte er plötzlich los.

Ihm war auf einmal noch etwas eingefallen, was er damals nicht weiter beachtet hatte. Allerdings hatte sich das auch zu einer Zeit abgespielt, in der er fieberhaft mit dem Kauf des Schiffes beschäftigt gewesen war. Er war zwischen Rouen und England hin und her gependelt, hatte mit den Verkäufern verhandelt und mit der Agentur *Veritas*.

»Oscar sagt da etwas, was sehr berechtigt ist«, hatte die Pitard vorsichtig das Gespräch darauf gebracht. »Falls dir ›etwas zustoßen‹ sollte, brauchen wir uns doch von deinem Partner nicht für dumm verkaufen zu lassen. Man kann ja nie wissen ...«

Er hatte eine Lebensversicherung abschließen, einen Arzt aufsuchen und eine Prämie von fünftausend Francs bezahlen müssen.

»Du hast auch noch Angehörige in der Bretagne. Bei einem Unglücksfall wäre es ungerecht, wenn ...«

Also hatte er noch ein Papier unterschrieben, eins, das der Notar aufgesetzt hatte und das besagte, daß im Falle seines Ablebens das gesamte Vermögen der Eheleute seiner Frau zufallen sollte.

»Witzbold!« knurrte er.

Das war ein Wort, das er oft benutzte, bei jeder Gelegenheit. Jetzt erinnerte es ihn an den elenden Brief, den er auf dem Tisch gefunden hatte, und er griff in seine Jackentaschen.

Hätte man ihm Geld gestohlen, wäre er nicht zornig geworden. So hatte er zum Beispiel dem Bootsmann, der einen Schinken geklaut hatte, keine Vorwürfe gemacht.

Was er jedoch nicht ausstehen konnte, was ihn völlig aus der Fassung brachte, war die Tatsache, daß man ihm sein Vergnügen stahl! Und auf das Vergnügen, sein eigenes Schiff zu führen, hatte er zu lange hingearbeitet.

»Was gibt's?« murrte er, als er den Funker kommen sah.

»Ein Fischkutter bittet uns, wegen seiner Netze eine Meile Abstand zu halten.«

»Hast du gehört, Bootsmann?«

»Ein Strich Backbord!« befahl der Bootsmann dem Rudergänger, denn er war dem Vokabular der Segelschiffahrt treu geblieben.

»Hast du meiner Frau die Radiomeldungen gebracht?«

Paul Lenglois nickte.

Lannec, die Hände immer noch in den Taschen, die Pfeife im Mundwinkel, machte sich den Spaß, in die Messe hinunterzugehen, wo er seine Frau und Moinard einträchtig über eine Karte gebeugt antraf.

Sie studierten eine große Seekarte des südlichen Atlantiks, und Moinard zeigte mit dem Bleistift auf die Stelle, an der das in Brand geratene Frachtschiff jeden Augenblick zu sinken drohte.

Lannec kicherte so laut, daß man es hören konnte. Mathilde hob den Kopf und sah ihn kühl an, wie einen Eindringling. Die über den Mathematikbüchern ausgebreitete Karte nahm den ganzen Tisch ein, und im Gang wartete der Fécampois darauf, daß er die Gedecke für das Mittagessen auflegen konnte.

Der Kapitän betrat seine Kammer und zog seufzend sein Ölzeug aus. Dann ließ er die Stiefel fallen, rieb sich die brennenden Füße und schlüpfte in die Pantoffeln. Der Temperaturwechsel trieb ihm das Blut in den Kopf.

Sein Blick fiel auf ein Foto von Mathilde, das über seiner Koje hing und ihn seit zwei Jahren auf allen Reisen begleitete.

Er zuckte mit den Schultern, dachte von neuem an die Rue Saint-Pierre, an den Lebensmittelladen und meinte förmlich zu sehen, wie eine würdevolle Madame Pitard hineinschlich, weil sie kein Risiko eingehen wollte und sich deshalb die Karten legen ließ.

Wer hatte eigentlich den Bootsmann eingestellt? Er konnte sich nicht mehr daran erinnern. Die letzten Wochen waren so hektisch gewesen, daß Moinard es übernommen hatte, einen Teil der Besatzung anzuheuern.

Lannec hatte die Lampe nicht eingeschaltet, und in seiner Kammer breiteten sich graue Schatten aus, die so trüb waren wie das abgestandene Wasser in einer Blumenvase. Er saß am Rande der Koje, zog an der erloschenen Pfeife und ließ an seinem geistigen Auge wahllos verschiedene Gestalten vorüberziehen, zwischen denen dennoch ein Zusammenhang bestand, den er allerdings nicht zu erkennen vermochte.

»Wenn Oscar erst einmal ein großes Bauwerk in Angriff nehmen kann …«, hörte er Madame Pitard sagen.

… Und der Kleine, dessen Bein in Leder und glänzendem Stahl steckte, ein bedauernswertes Kind von vier Jahren mit einem zu großen Kopf für seinen verkrüppelten Körper.

… Und die Schwägerin, die sich einen Pelzmantel gekauft hatte, um den Mathilde sie beneidete.

… Und der Bootsmann, der Gespenst spielte.

… Und …

Er stand auf, reckte sich, betrachtete sich im Spiegel und schimpfte dabei vor sich hin:

»Schweinerei verdammte!«

7

Die Luft stand so still, daß man in ihrem dichten Raster aus Grautönen die hellen und die dunklen Punkte zu erkennen meinte und es einen danach verlangte, sie wie Sandkörner zu mischen und in die hohle Hand rieseln zu lassen.

Am Kleiderhaken hinter der lackierten Tür hing Lannecs Ölzeug, von dem ab und zu ein Wassertropfen auf das Linoleum fiel.

Die Taschenuhr des Kapitäns baumelte an einem Nagel dicht neben seinem Gesicht. Er brauchte nur ein Auge ein wenig zu öffnen, dann sah er das Zifferblatt, die Zeiger; er vernahm das hastige Ticken des kleinen Räderwerks im silbernen Gehäuse.

Es wurde von einem langsameren, lauteren Stampfen übertönt: von der Maschine, die auf vollen Touren lief.

Schließlich war noch das Meer zu hören, das mal in sanft anschwellenden Wogen heranrollte und sich dann wieder in heftigen Brechern überschlug.

Die Shetland-Inseln hatten sie bei Nacht passiert, in einem Getöse aus Brandung und Wind. Jetzt kämpfte sich die *Himmeldonnerwetter* sechs, sieben Meter hohe Wellenberge hinauf, und wenn sie auf der anderen Seite wieder hinunterschoß, schlug sie manchmal so heftig auf, daß die Ladung im Frachtraum klapperte wie Nägel in einer Blechdose.

Nach sechzehn Stunden auf der Kommandobrücke hielt Lannec zufrieden seine Siesta. Wind und Kälte hatten ihm leichtes Fieber beschert, in dem er genüßlich schwelgte, und von Zeit zu Zeit fuhr er sich im Halbschlaf mit der Zunge über die aufgesprungenen Lippen.

Die Heizung neben seiner Koje verströmte wahre Hitzewellen, und die beiden Bullaugen waren völlig beschlagen.

So war es schön: ein Rauschen wie volle Orgelklänge im Rhythmus der Dünung des Atlantiks und behagliche Wärme, die einen einlullte ...

Bisweilen dachte Lannec in Bildern, und wahrscheinlich war es der gewaltige Temperaturunterschied zwischen der kalten Brücke und der warmen Kammer gewesen, der ihm Hönningsvaag in Erinnerung gerufen hatte, eine kleine, im Eismeer verlorene norwegische Stadt jenseits des Nordkaps.

Er lächelte, ohne die Augen aufzuschlagen. Ihm wurde noch wärmer. Er meinte, wieder von Bord des Dampfers zu gehen, der mit einer Ladung Kohle auf dem Weg nach Archangelsk gewesen war und Hönningsvaag hatte ansteuern müssen.

Es war tiefster Winter gewesen. Vier Tage lang waren sie durch das Dunkel der Polarregion gefahren, dann hatten sie, völlig unerwartet, an einer hölzernen, von starken Glühlampen beleuchteten Pier angelegt.

In allen Fenstern der kleinen Häuser, die an verschneiten Berghängen klebten, brannte ebenfalls Licht.

Ein herrlicher Anblick, wie Weihnachten im Norden oder wie eine Nürnberger Krippe.

Kinder auf Skiern, mit Pelzmützen auf dem Kopf,

rasten in schwindelerregendem Tempo die Hänge herunter und hielten mit einem Ruck vor dem schwarzen Schiff an. Kleine Schlitten, die von kleinen Pferden gezogen wurden und unwirklich anmuteten, fuhren in alle Richtungen.

Und Lannec, die Hände in den Taschen, ging wie im Traum an Land. Rechts der Straße lag ein Friseursalon; auch der sah wie ein Spielzeugladen aus. Alle Leute hatten rotgefrorene Nasen. Der Schnee unter den Füßen knirschte wie zu neue Schuhe.

Von weit her, von dort, wo die Lichter schon spärlicher wurden, hörte Lannec Musik. Er schritt auf ein niedriges Haus zu, das ihm noch anheimelnder vorkam als die anderen, trat ein, und der Walzer *An der schönen blauen Donau*, der auf einem Grammophon abgespielt wurde, umfing ihn mit all seinen Geigen.

Es roch nach Kuchen, Schnaps und Tee. Ein Mann in pelzgefüttertem Mantel saß an einem Tisch einer jungen Frau mit wirrem Haar gegenüber, die ihm lächelnd lauschte.

Andere Frauen, Ungarinnen, nahmen sich Lannecs an, gossen ihm etwas zu trinken ein und radebrechten ein paar Brocken Französisch.

Hatte man ihn damals nicht durch eine kleine Tür hinausgescheucht, nachdem er ziemlich lange mit einem der Mädchen auf ihrem Zimmer gewesen war?

In Island, da hatte er einmal ...

Daran erinnerte er sich deutlicher, an den scharfen Kontrast zwischen Weiß und Schwarz, an einen Fabrikschornstein mitten in der Landschaft, dann ...

Er spitzte die Ohren. Das Ticken der Taschenuhr

begleitete ihn noch immer auf seinem Streifzug durch die Vergangenheit, ebenso der dumpfe Ton der Maschine, aber plötzlich wurde er sich noch anderer, seltsam rhythmischer Geräusche bewußt und runzelte die Stirn, ohne allerdings die Augen aufzuschlagen. Er schlief nicht, sondern döste nur, verschwitzt und mit schweren Gliedern zwischen seinen Laken und Decken.

Was er hörte, war nicht in seiner Kammer. Es kam auch nicht von Deck.

Erst nach einer Weile begriff er, daß da nebenan in der Messe jemand flüsterte, oder vielmehr halblaut sprach. Ohne Pause. Jemand redete lange, endlos.

Natürlich Mathilde! Wieder einmal verdarb sie ihm alles! Er vergaß Hönningsvaag, Island und spitzte die Ohren. Er hob sogar den Kopf, weil er hoffte, verstehen zu können, was sie sagte.

Mit wem mochte sie sich unterhalten? Und was erzählte sie denn da so leise? Ihre Mutter konnte stundenlang unermüdlich wehklagen. Wenn es sein mußte, kam sie dabei auf ihre Hochzeit zurück, auf ihr erstes Wochenbett, auf den Tod ihres Mannes und auf all die Mißgeschicke, die ihren Mietern widerfahren waren.

Schwerfällig drehte sich Lannec auf die andere Seite und wünschte sich, in seinen Dämmerzustand zurückzufallen. Aber die Stimme, so monoton wie die Stimmen, die man hört, wenn man zur Vesperstunde an einem Kloster vorbeigeht, ließ ihm keine Ruhe.

Moinard war auf Wache. Lenglois hätte eigentlich mit dem Kopfhörer auf den Ohren vor seinen Apparaten sitzen müssen, und Mathilde würde sich doch nicht herabgelassen haben, den Fécampois ins Vertrauen zu ziehen.

Lannec drehte sich wieder um, öffnete die Augen, richtete den Oberkörper ein wenig auf und stützte sich auf einen Ellbogen. Das Gemurmel klang so, daß er manchmal hoffte, einzelne Silben herauszuhören, doch sogleich verschmolz alles wieder zu einer monotonen Litanei.

Der Tag ging zur Neige. Im sandigen Zwielicht gewannen die dunklen Punkte allmählich die Oberhand über die hellen. Mit einem Ruck stand Lannec auf und zog sich die Hose über die Hüften, während er mit den Füßen auf dem Bettvorleger nach den Pantoffeln tastete.

Er war wirklich müde. Seine Augen waren verquollen, und die ersten Züge aus seiner Pfeife schmeckten ihm nicht so gut wie sonst. Er schlüpfte in seine Jacke und neigte dabei den Kopf Richtung Wand, doch vergebens, denn die Stimme, wiewohl sie nun lauter war, wurde nicht verständlicher.

Er riß die Tür auf. In der Messe waren die Lampen noch nicht eingeschaltet, und es herrschte eine Atmosphäre inniger Vertrautheit. Mathilde saß in einer Ecke der Polsterbank und stützte die Ellbogen auf den Tisch. Vor ihr stand, mit dem Rücken an die Wand gelehnt, der Bootsmann.

»Raus!« schrie Lannec ihn an.

Er schob ihn sogar hinaus, weil der Bootsmann ihm nicht schnell genug verschwand, und machte die Tür zum Gang zu. Dann, als er an einer Bewegung seiner Frau merkte, daß sie sich zurückziehen wollte, stapfte er zu ihrer Kabinentür, verschloß sie und steckte den Schlüssel in die Tasche.

Fünf Tage lang hatte er kein Wort mit Mathilde gesprochen, und jetzt bekam er dazu unbändige Lust. Ohne viel zu überlegen, setzte er sich ihr gegenüber und knurrte drauflos:

»Was hast du ihm erzählt?«

Da er seinen gewohnten Milchkaffee noch nicht getrunken hatte, spürte er ein flaues Gefühl im Magen und hatte einen faden Geschmack auf der Zunge. Er stand noch einmal auf und schaltete die Beleuchtung ein, um seine Frau bei Licht sehen zu können.

»Ich warte auf deine Antwort! Was hast du dem Bootsmann erzählt?«

Es reichte ihm! Erst der Funker, dann Moinard und jetzt der Bootsmann, jeder kam mal an die Reihe!

»Du hast dich ausgeheult, nicht wahr? Du hast darüber gestöhnt, daß du einen Rohling geheiratet hast...«

Seine kleinen Augen hatten in Mathildes Zügen bereits die Spuren der Seekrankheit entdeckt. Sie war blaß, und zwei gelbliche Falten hatten sich neben den Nasenflügeln in ihr Gesicht gegraben.

Doch sie wandte den Blick nicht ab. Sie wartete, ruhig, selbstbewußt, und ihrer entschlossenen Miene nach hätte man glauben können, sie würde nun gleich ihn anklagen.

»Was auch immer du dir einbildest, aber an Bord habe ich das Kommando, hörst du? Und es paßt mir nicht, daß du meinen Männern deine Geschichten anvertraust!«

Er setzte sich wieder. Bilder von Hönningsvaag spukten ihm noch durch den Kopf, verflüchtigten sich aber so schnell wie Morgennebel.

»Antworte gefälligst!«

»Ich habe nichts zu sagen.«

Sie hatte geredet! Zum erstenmal seit Tagen hatte sie mit ihm geredet, und Lannec hatte beinahe den Klang ihrer Stimme vergessen gehabt.

»Nicht möglich! Du hast nichts zu sagen! Und wahrscheinlich betrachtest du dich auch noch als Opfer!«

Sie schaute auf die verschlossene Tür und seufzte.

»Ganz recht! Du bist hier gefangen! Und ich möchte dir lieber gleich sagen, daß du mir eine Erklärung schuldig bist. Mir reicht es! Ich hab die Nase voll!«

Er hatte lange standgehalten, doch dann war er wegen nichts und wieder nichts in Harnisch geraten: wegen dieser monotonen Stimme auf der anderen Seite der Trennwand, während er träge vor sich hin geträumt hatte ...

Etwas machte ihn stutzig: die Art, wie seine Frau ihn fixierte. Sie war ruhig, gewiß, und sie verhielt sich wie jemand, der sich nichts vorzuwerfen hat.

Nichtsdestoweniger lag Angst in ihrem Blick, aber es war eine instinktive Angst. Man hätte meinen können, sie fürchte sich davor, wieder geschlagen zu werden. Insgeheim beobachtete sie jede Bewegung ihres Mannes. Als er sich anschickte aufzustehen, hob sie die Hände, als wollte sie eine Ohrfeige abwehren.

»Es wird nicht lange dauern!« brummte Lannec und wandte den Kopf ab. »Aber es ist an der Zeit, daß wir uns aussprechen. Würdest du mir erklären, warum du so versessen darauf bist, an Bord zu bleiben?«

Sie rührte sich nicht und machte auch den Mund nicht auf.

»In Rouen war ich wie mit Blindheit geschlagen. Ich bin so ein gutgläubiger Trottel, daß ich es für einen Beweis deiner Zuneigung gehalten habe. Weißt du, mir war natürlich klar, daß das Leben an Bord nichts für eine Frau ist, aber ich habe damit gerechnet, daß du das nach ein paar Tagen selbst einsiehst ...«

Sie ließ ihn nicht aus den Augen, und er suchte in ihrem Anblick, in diesen angespannten Zügen, vergebens das junge Mädchen, in das er sich verliebt und das er so oft in seine Arme geschlossen hatte, abends, in den verwaisten Straßen von Caen, in Hauseingängen, im Schatten der Lagerschuppen an den Kais.

»Antworte!«

»Ich brauche nicht zu antworten.«

»Was tust du hier?«

»Das weißt du genau.«

»Was?«

Er stand wieder auf und ging, die Hände auf dem Rücken, in der Messe auf und ab.

»Sei so gut und drück dich deutlicher aus!«

»Stell dich nicht dumm!«

Das war ganz die Stimme ihrer Mutter, die Stimme der Pitards, die von der Höhe ihrer zwei Wohnhäuser auf die Welt hinunterschauten und deren Selbstvertrauen nichts zu erschüttern vermochte.

»Soll das heißen, daß du von deinem Marcel genug hattest?«

Sie zuckte mit keiner Wimper. Immer noch saß sie in der gleichen Ecke, in der ihre Bluse aus rotem Wollstoff den einzigen Farbfleck abgab.

»Marcel hat mich nie mißhandelt.«

»Natürlich! Aber geheiratet hat er dich auch nicht!«

»Weil Mama es nicht wollte.«

»Hört, hört! Mir scheint, du wirst auf einmal gesprächig. Vielleicht verrätst du mir ja auch noch, was du hier tust.«

»Das ist nicht nötig.«

In diesem Augenblick war er erstaunlich kaltblütig. Er spürte wohl, wie die Wut in ihm aufstieg, doch er spürte auch, daß sie sich erst dann entladen würde, wenn er es zuließ. Er nahm sich zusammen, ballte hinter dem Rücken die Fäuste und sah seine Frau lauernd an.

»Hör zu, Mathilde, noch bin ich ruhig...«

»Ich gewöhne mich allmählich daran, daß ich geschlagen werde.«

Er holte tief Luft und blieb mitten in der Messe stehen.

»Ich frage dich, warum du hier bist. Sag es mir um Gottes willen, und laß mich kein Unheil anrichten...«

Er sah beinahe verstört aus. Sie bekam Angst, kauerte sich in ihrer Ecke zusammen und wiederholte:

»Das weißt du genau!«

»Was soll ich wissen? Wenn schon einer von uns beiden den Verstand verliert, dann ist es an der Zeit, daß wir herauskriegen wer!«

»Ich bestimmt nicht.«

»Antworte!«

»Bestehst du darauf?«

»Soll ich dich vielleicht auf Knien anflehen? Ich tu's! Ich halte das nicht mehr...«

»Was wolltest du mit der *Himmeldonnerwetter* machen?«

Mit einem Schlag verflog sein Zorn, seine Erregung, einfach alles. Er stand da, wie vom Donner gerührt, bestürzt, mit großen Kinderaugen.

»Ich verstehe nicht...«

»So siehst du aus!«

Langsam ging er auf sie zu.

»Sprich dich aus! Sag, was du meinst...«

Sie wich zurück. Er packte sie am Handgelenk und umklammerte es mit festem Griff.

»Gib's doch zu, Émile!«

Sie lächelte hämisch, mit Gönnermiene.

»Gib's zu, jetzt, wo ich alles weiß!«

»Was soll ich zugeben?«

Er schaute ihr in die Augen, sein Gesicht war ihrem so nah, daß sie einander fast berührten.

»Du hast doch sofort Fracht für Island gekriegt, nicht wahr? Rein zufällig! Damit hattest du wohl gar nicht gerechnet, wie?«

Sie machte sich lustig über ihn, so ein Biest! Und sie mimte die Überlegene!

»Ja, ich habe Fracht gekriegt, na und?«

»Das war natürlich nicht abgesprochen!«

»Nein!«

»Du lügst!«

Er schüttelte sie, ließ sie aber sofort wieder los.

»Siehst du, nur weil wir Pitards sind und mein Vater Schuhe verkauft hat, braucht man uns noch lange nicht für dumm zu halten. Wir sind gewarnt worden! Ich weiß, was du mit dem Schiff vorgehabt hast...«

»Was denn?«

»Du wolltest es in Amerika oder sonstwo verkaufen und zu einer deiner Geliebten ziehen! Von Island aus ist's nur noch der halbe Weg...«

Er setzte sich und rieb sich energisch die Stirn. Dann

herrschte lange Zeit Schweigen, denn Lannec versuchte, seine Gedanken zu ordnen.

»Moment mal...«, sagte er, als seine Frau sich erheben wollte. »Du warst die Geliebte von Marcel... Dazu stehst du noch immer?«

»Ja!«

»Na schön! Dann erzählt dir jemand oder du bildest dir ein, daß ich das Schiff verkaufen und ins Ausland gehen will... Und deshalb verläßt du deinen Liebhaber und kommst mit mir an Bord...«

»Na und?«

»Nichts! Ich finde, das paßt gut zusammen! Schließlich bist du ja meine Erbin! Außerdem hat deine Mutter Wechsel über zweihunderttausend Francs unterschrieben...«

Er war erschreckend ruhig, und Mathilde bekam Angst.

»Bleib sitzen! Wir sind noch nicht fertig. Du hast nichts zu befürchten. Ich rühr dich schon nicht an!«

Er kniff die Augen zusammen und stierte ins Leere.

»Ich möchte bloß wissen, wer dir dieses Märchen erzählt hat.«

»Das kann ich dir nicht sagen.«

»Du wirst trotzdem mit der Sprache herausrücken müssen. Vielleicht hat es bisher so ausgesehen, als ob ich nur eine Marionette wäre, aber ich möchte dich lieber warnen...«

»Würdest du mir bitte den Schlüssel zu meiner Kabine geben?«

»Wer hat dir dieses Märchen erzählt? Gib zu, daß es deine Mutter war...«

»Meine Mutter ist nicht schlechter als deine, und ihr müssen wir nicht jeden Monat sechshundert Francs zustecken...«

Jetzt zuckte er mit keiner Wimper. Er stand nur auf, ganz langsam, ging auf die Kabinentür zu und schloß sie auf.

Aber nun wollte sie es nicht dabei bewenden lassen. Sie blieb in der Messe, als habe sie die Geste ihres Mannes nicht verstanden. Er konnte sie nichteinmal hassen. Sie war eben eine Pitard, das war alles! Er hatte einen Fehler gemacht!

»Geh schlafen!«

Es klopfte; draußen auf dem Gang rief eine Stimme:

»Käpt'n!«

»Was gibt's?«

Etwas zaghaft meldete sich Lenglois:

»Da ist ein Funkspruch...«

Lannec drehte den Schlüssel herum, öffnete die Tür, sah das aufgeregte Gesicht des Funkers und griff nach dem Zettel, den er ihm reichte.

SOS + Französischer Kutter ›Françoise‹ + Schwere Havarie + Unsere Position: nördliche Breite 60° 42′ + westliche...

Augenblicklich löste sich die Spannung, Lannec fühlte sich erleichtert! Er sah seine Frau nicht mehr. Im Nu existierte sie für ihn einfach nicht mehr. Dagegen warf er einen Blick auf den Kompaß, der an der Decke befestigt war und auf dem man auch von der Messe aus die Route des Frachters verfolgen konnte.

»Was ist das für ein Schiff, die *Françoise*?«

»Ein Fischkutter aus Fécamp ... Mit achtundzwanzig Mann an Bord ...«

»Weißt du Genaueres?«

»Sie haben etwas gerammt; sie glauben, es war ein Wrack ...«

Lannec las weiter:

... westliche Länge 5° 30′ 15″ ...

»Saus los und bleib dran!« befahl er Lenglois.

»Verzeihung! Was ist denn passiert?« schaltete sich Mathilde ein.

Lenglois war einen Moment lang verunsichert; er fragte sich, ob er bleiben und antworten sollte oder ob er dem Kapitän gehorchen mußte.

»Mach, daß du wegkommst!« schrie Lannec.

Er wandte sich seiner Frau zu, mit entschlossener, aber fast heiterer Miene.

»Weißt du, was das heißt? Daß achtundzwanzig Mann, die freilich nichts mit den Pitards zu tun haben, vielleicht draufgehen werden!«

Darauf verließ er ebenfalls die Messe, nicht ohne vorher sein Ölzeug und den Südwester vom Haken zu nehmen. Noch während er sich anzog, eilte er in die undurchdringliche Finsternis hinaus. Das Schiff schlingerte so stark, daß er seitwärts gehen mußte. Als er auf der Brücke eintraf, waren seine Hände und sein Gesicht bereits klatschnaß.

Es war so dunkel, daß er im ersten Augenblick Moinard gar nicht sah, doch er konnte das von der Kompaßlampe schwach erleuchtete Gesicht des Rudergängers erkennen. Der Mann blickte unverwandt geradeaus und hatte einen angespannten Zug um den Mund. Auf dem Meer war nichts auszumachen als weiße Schaumkämme, die einander bis zum Horizont jagten.

Eine Gestalt kam näher. Dann hörte er Moinards Stimme:

»Nun, was ist?«

»Wir fahren hin.«

»Es sind zweiunddreißig Meilen ... Vielleicht haben andere Dampfer schon ...«

Denn das Schiff, das dem Unfallort am nächsten ist, muß Hilfe und Beistand leisten.

»Gehört die *Françoise* nicht Jallu?«

»Doch! Er führt selbst das Kommando.«

Als Lannec das Kartenhaus betrat, trank er zunächst ein großes Glas Schnaps. Dann beugte er sich über die Karte, griff zu Kursdreieck und Bleistift und zeichnete die Route zu dem in Seenot geratenen Kutter ein.

»Drei Strich West!« rief er durch die offene Tür.

Was hatte seine Frau ihm sagen wollen? Was war das für ein Unsinn, daß er das Schiff angeblich in Amerika verkaufen wollte?

Scheinbar ruhig kehrte er zum Rudergänger und zu Moinard zurück.

Der Erste Offizier war ernst, und er zögerte ein wenig, ehe er murmelte:

»Wir haben nur noch vier Tage Zeit ...«

Das stimmte. So stand es im Frachtvertrag. Der *Himmeldonnerwetter* blieben nur noch vier Tage, um Reykjavik zu erreichen, andernfalls würden sie den Befrachtern für jeden Tag Verspätung Schadenersatz leisten müssen.

»Ich habe Jallu schon gekannt, als er noch für Bordes gefahren ist«, erwiderte Lannec. »Ich war sogar mal sein Erster Offizier.«

Damals waren sie noch jünger gewesen. Sie hatten noch keine eigenen Schiffe gehabt, noch keine Ehefrauen!

Lannec machte sich auf den Weg in die Funkerkabine, die er nur im Zickzack erreichte und triefend naß betrat.

»Gibt's was Neues?«

Lenglois legte den Finger kurz auf den Mund. Er hatte den Kopfhörer auf, machte Notizen, drehte an Knöpfen und setzte selbst noch eine Nachricht ab.

»Was ist ihnen eigentlich passiert? Und wie geht's ihnen jetzt?«

Erneutes Schweigen. Endlich schrieb Lenglois etwas auf einen Zettel, ohne sich von seinem Empfangsgerät zu trennen.

Die Françoise *hat ihr Ruder verloren. Sie meldet acht Meter hohe Wellen und eine Sicht gleich Null. Wir sind die ersten, die ihr geantwortet haben ...*

Lannec hastete zur Brücke zurück.

»Maschine auf volle Kraft voraus!« befahl er.

Es würde vier Stunden dauern, bis sie den vom Untergang bedrohten Kutter erreichten. Die Route war ungünstig. Wind und Wellen kamen jetzt von der Seite, so daß die *Himmeldonnerwetter* immer wieder heftig schlingerte und von ihrem Kurs abwich.

Und schon war Lannec von neuem bei Lenglois, der immer noch mit fliegenden Fingern etwas mitschrieb.

Das Schiff läßt sich nicht mehr steuern und wird abgetrieben ... Der Bootsmann ist verschwunden, wahrscheinlich von einer Welle über Bord gespült ...

Die Decksplatten der *Himmeldonnerwetter* vibrierten, denn die Maschinen liefen auf Hochtouren.

»Hast du ihnen angekündigt, daß wir kommen?«

Lenglois nickte. Dann runzelte er die Stirn und drehte an seinen Knöpfen.

»Was ist?«

Schweigen. Beide Männer verharrten reglos. Nur der Finger von Lenglois hämmerte auf die Unterbrechertaste ein.

»Nichts mehr?«

Lenglois antwortete nicht. Bläuliche Funken sprühten aus dem Apparat.

»Ich rufe sie pausenlos«, murmelte Paul. »Dabei bin ich auf ihrer Frequenz ...«

»Keine Antwort?«

»Moment mal ...«

Er begann zu schreiben. Aber es war die Nachricht eines anderen Schiffes, das viel weiter vom Unglücksort entfernt war und der *Himmeldonnerwetter* meldete, daß es seine Fahrt fortsetzte.

»Schweigen sie noch immer?«

Lenglois nahm den Kopfhörer nicht ab und sprach sehr laut, weil er seine eigene Stimme nicht hörte.

»Wissen Sie, was passiert sein muß?« schrie er. »Ich kann es mir denken, denn ich kenne diese Schiffe. Es muß den Funkraum, der hinter dem Schornstein liegt, weggerissen haben ...«

Durch die Bullaugen war nur Dunkelheit zu sehen, und der Himmel war noch dunkler als das Meer.

»Bleib auf Empfang! Und gib weiter durch, daß wir kommen ...«

Lannec kehrte wieder zu seinem Posten auf der Kommandobrücke zurück. In der Dunkelheit, gegen die er beim Verlassen der Funkerkabine wie gegen eine Mauer anrannte, war er wie blind.

»Nichts mehr! ...«, flüsterte er Moinard zu.

Dann wandte er den Kopf, weil er meinte, einen helleren Fleck, eine Gestalt, wahrzunehmen. Er erkannte seine Frau, die sich in einer Ecke der Brücke an den Wänden abstützte, um sich in dem heftig schlingernden Schiff auf den Beinen zu halten.

8

Seit einer Viertelstunde starrte Lannec unbewegt auf die anschwellende See. Die Brücke lag im Dunkeln, nur die kleine Lampe im Kompaß beleuchtete wie immer kaum die Hände des Rudergängers. Alle Geräusche gingen im Tosen der Wellen unter, und es bedurfte nahezu eines sechsten Sinns, um wahrzunehmen, daß man nicht allein hier war.

Der Mann, der am dichtesten neben Lannec stand und eine Pfeife rauchte, deren Duftschwaden ihn bisweilen erreichten, war der Bootsmann, und etwas weiter entfernt ragte die lange hagere Gestalt von Monsieur Gilles auf.

Moinard berechnete im Kartenhaus die kürzeste Route zur *Françoise*.

Das Schiff legte sich mal nach Steuerbord, mal nach Backbord, und manchmal spritzte die Gischt bis zu den Scheiben der Kommandobrücke herauf. Irgendwann glaubte Lannec, jemanden rufen zu hören, und spitzte die Ohren, aber mehrere Sekunden verstrichen, ehe er den Funker auftauchen sah.

»Käpt'n! Kommen Sie schnell ...«

Er war aus seiner Kabine herausgestürzt, ohne sich die Zeit zu nehmen, eine Öljacke anzuziehen, und es sah komisch aus, wie er unter dem eiskalten, peitschenden Regen den Kopf einzog.

Als Lannec ihn erreicht hatte, erklärte Lenglois hastig: »Sie verstehen doch Deutsch, nicht wahr? Seit ein paar Minuten erzählt mir eine *Seeteufel* etwas über Sprechfunk, und ich verstehe kein Wort ...«

In der Kabine war es warm und hell. Während Lannec sich vor die Geräte setzte und nach dem Kopfhörer griff, merkte er, daß seine Frau hier war. Sie saß ganz hinten, in dem einzigen Sessel. Er scherte sich nicht darum, sondern verzog nur die Lippen zu einem verächtlichen Lächeln. Da hatte sie sich den richtigen Winkel ausgesucht; hier konnte sie getrost bleiben.

»Ich höre nichts!« stellte der Kapitän fest, während er sich zu Lenglois umwandte.

»Warten Sie einen Moment! Sie wiederholen ihr Sprüchlein alle drei bis vier Minuten. Der Anfang hört sich an wie: *Wir können unsere Position nicht ...*«

Keiner bewegte sich. Da die Tür geschlossen war, herrschte Stille, Stille in der Funkkabine und Stille in der grenzenlosen Weite, mit der ihn der Kopfhörer verband. Lannec stierte vollkommen ruhig vor sich hin, und niemand hätte sagen können, was er dachte. Lenglois, der ihm seinen Platz überlassen hatte, blieb neben ihm stehen und überprüfte die Stellung eines Schaltknopfs.

Obwohl Mathilde und er keine Kopfhörer hatten, nahmen sie deutlich ein Klicken wahr. Dann sahen sie die wachsende Aufmerksamkeit in Lannecs Blick. Jemand sprach, und die Stimme hörte sich an, als käme sie von weit her. Der Kapitän runzelte die Stirn, zog die Augenbrauen hoch und strengte sich an, um die Worte zu verstehen, während seine rechte Hand mechanisch mitschrieb:

Wir können unsere Position nicht verlassen. Wir sind nur fünf oder sechs Meilen von der Françoise *entfernt, haben aber alle Netze ausgeworfen, und die See geht immer höher. Ein Treibgut hat unseren Schiffsrumpf gestreift, und wir vermuten, daß es ein leeres Rettungsboot war.*

Dreimal, viermal wiederholte die Stimme denselben Wortlaut. Es war eine heisere Stimme, und sie klang so, als sei der Unbekannte von der *Seeteufel* furchtbar wütend.

Lannec stand auf und überließ den Platz wieder Lenglois, der sich vergewisserte, daß er nicht gerade auf einer anderen Frequenz gerufen wurde.

»Vorhin habe ich ein englisches Schiff drangehabt, das etwas gemorst hat, aber ich weiß noch nicht, wer es war, ich muß erst sein Rufzeichen heraussuchen ...«

Den Kopfhörer wieder auf den Ohren, griff er nach einem dicken, schon ganz zerfledderten Buch und blätterte fieberhaft darin.

»Da hab ich's ja ... Die *Glynn* ... Fünfzehnhundert Tonnen ...«

»Wo ist sie?«

»Ich rufe sie gleich.«

Es knisterte und knackte. Funken sprühten. Lannec, der an der Tür lehnte, vermied es, seine Frau anzuschauen, aber dennoch entging es ihm nicht, daß ihr Gesicht müde aussah.

Lenglois schickte seinen Ruf durch den Äther. Der Engländer mußte irgendwo in diesen Gewässern unterwegs sein.

»Meldet er sich nicht?«

Der Funker begann zu schreiben oder vielmehr eine Folge von Punkten und Strichen aufzuzeichnen.

»Ein norwegisches Schiff antwortet! Die *Flynderbord*, unter Kapitän Rasmussen. Sie sind einige Meilen südlich der Färöer, schaffen nur sechs Knoten und sind frühestens in zehn Stunden an Ort und Stelle ...«

Während Lenglois von neuem versuchte, mit der *Glynn* Verbindung aufzunehmen, ging Lannec hinaus und mußte auf dem Weg zur Brücke wieder gegen den Sturm ankämpfen.

Er konnte nicht mehr feststellen, ob das Wasser vom Himmel oder vom Meer kam. Je weiter sich das Schiff der Papa-Bank näherte, einer der heimtückischsten Sandbänke des Nordatlantiks, desto hohler ging die See, und selbst Lannec mußte sich an die Reling klammern.

Als er die Brücke erreichte, hatte Moinard seinen Platz wieder eingenommen und wandte sich zu ihm um, ohne ein Wort zu sagen.

»Es sind an die vier oder fünf Schiffe hier in der Gegend«, verkündete der Kapitän. »Am dichtesten dran ist ein deutscher Kutter, aber er hat alle Netze im Schlepp.«

Sie wußten beide, was das bedeutete: Netze, die eine Million wert waren und das Schiff festhielten wie ein Anker; es würde Stunden dauern, sie einzuholen.

»Die meinen, sie hätten ein leeres Rettungsboot vorbeitreiben sehen. Paul versucht jetzt, zu einem Engländer Kontakt zu kriegen.«

Er trocknete sich Gesicht und Hände ab, griff nach dem Calvados, trank gleich aus der Flasche und reichte sie Moinard und dann dem Bootsmann weiter.

»Wir werden zu spät kommen«, erklärte Moinard.

Das lag in seinem Wesen, daß er immer tat, was er tun mußte, redlich, sogar äußerst gewissenhaft, aber ohne Begeisterung und ohne rechte Zuversicht.

Nichts war zu sehen. Kein einziges Licht am Horizont, und Lannec deutete mit einem Wink an, man solle die Sirene in regelmäßigen Abständen heulen lassen. Es litt ihn nicht lange auf der Brücke, und nach einem kurzen Blick auf den Kompaß kehrte er zu Lenglois zurück, der bei seinem Eintreten zusammenzuckte, weil er sich gerade mit Mathilde unterhielt.

»Nun, was ist mit der *Glynn*?«

»Sie antwortet nicht mehr.«

»Bist du sicher, daß sie hier in diesen Gewässern war?«

»Ganz sicher.«

»Noch immer nichts von der *Françoise*?«

Im nächsten Augenblick war Lannec wieder bei Moinard und flüsterte ihm zu:

»Die *Glynn* hat sich dünngemacht!«

Sie verstanden einander. Das Schiff, das seine Zeit nicht mit der Suche nach dem Kutter verlieren wollte, stellte sich tot, und später würde man sich darauf herausreden, die Funkanlage sei gestört gewesen.

»Was ist mit deiner Frau?« erkundigte sich Moinard.

»Was soll schon sein?«

»Nichts.«

Ihr ging es schlecht, kein Zweifel. Sie war ganz grün vor Angst. Na und? Lannec wäre es allerdings lieber gewesen, wenn sie sich nicht ausgerechnet in der Kabine von Lenglois aufgehalten hätte. Es war ihm zuwider, daß er sie jedesmal, wenn er den Raum betrat, in ihrem Korbsessel sitzen sah und ihren mißtrauischen Blick fühlte.

Inzwischen hatte er einiges begriffen! Was ihn seit Hamburg, ja sogar seit Rouen im Blick seiner Frau störte, war ein unbestimmtes, aber beharrliches Mißtrauen.

Wenn er sich vorbeugte, konnte er die Umrisse der Matrosen erkennen, die sich auf dem Vorschiff versammelt hatten und in der Dunkelheit etwas zu erspähen versuchten.

»Wahrscheinlich haben die Männer auf der *Françoise* nichteinmal ein Notruder installieren können«, erklärte Lannec.

Und bei dieser hohlen See war es nahezu unmöglich, einen Treibanker auszubringen, um den Bug gegen die anrollenden Wellen zu halten.

»Wie lange hat er sein Schiff schon?«

»Vier Jahre. Als ich zum letztenmal in Fécamp war, da hatte er es kurz vorher gekauft...«

Jallu hatte fünf oder sechs Kinder, daran erinnerte Lannec sich sehr genau, denn sie hatten ihn deshalb aufgezogen. Er erinnerte sich auch daran, daß sich Jallu gerade seiner Kinder wegen irgendwann um eine Stelle als Lotse oder Hafenmeister beworben hatte. Er war zu lange vertröstet worden, weil er keine Beziehungen gehabt hatte, und jetzt...

»Siehst du nichts?«

Die beiden Männer starrten lange auf einen Punkt am Horizont, an dem Lannec ein Licht zu erkennen meinte, er hatte sich jedoch getäuscht.

»Ich sehe nichts, aber ich höre etwas!« brummte Moinard.

Sie hatten es gleichzeitig gehört. Im Frachtraum war ein Seil gerissen, und bei jedem Schlingern des Schiffes rollten Eisenteile von einer Seite zur anderen.

»Bootsmann, geh mit ein paar Männern in den Laderaum hinunter...«

»Kann ich vorher noch einen Schluck trinken?«

Dem Bootsmann war auch nicht mehr zum Lachen zumute.

»Hast du eingerechnet, daß sie abgetrieben werden?« erkundigte sich der Kapitän bei Moinard. »Es macht mindestens acht Grad aus...«

»Wir werden sowieso nichts finden.«

»Was soll das?«

Zauderte Moinard etwa, die *Françoise* zu suchen?

»Ach nichts! War nicht so gemeint...«

Der Rudergänger, der den Kompaß nicht aus den Augen ließ, drehte pausenlos am Steuerrad, um die *Himmeldonnerwetter* trotz der Brecher, die von der Seite kamen, auf dem richtigen Kurs zu halten.

Es würde noch zwei Stunden, vielleicht sogar länger dauern, und Lannec hatte sich still in eine Ecke der Brücke zurückgezogen, den Blick auf die Scheibe gerichtet. Als er spürte, daß wieder jemand hinter ihm stand, drehte er sich wutschnaubend um und entdeckte den Fécampois, der eine dampfende Schale in der Hand hielt.

»Haben Sie Madame nicht gesehen?«

»Madame, die hat der Teufel geholt, hörst du?«

Alle kümmerten sich andauernd um sie, selbst der

Campois, dieses Schaf, machte ihr, obwohl ihn keiner darum gebeten hatte, eine Schale Bouillon!

»Sie ist bei Lenglois«, erklärte er nach kurzem Schweigen.

Er stellte sich die zwei weißen Kreidefelsen von Fécamp vor, das Kasino an der Mole, dann wanderten seine Gedanken allmählich nach Riva-Bella, wo seine Schwiegermutter ein kleines Landhaus besaß.

Wie hatte er dort nur seine Flitterwochen verbringen können? Denn dort hatte er weiße Flanellhosen, ein offenes Hemd und Espadrilles getragen und sich jeden Morgen mit der ganzen Familie an den Strand gesetzt, neben einen rotgestreiften Sonnenschirm!

Seiner Schwägerin mit ihren schlaffen Brüsten und eckigen Hüften hatte er sogar das Schwimmen beigebracht.

»Moinard!«

Moinard, den er nicht gesehen hatte, war mit einem Schritt bei ihm.

»Geh mal runter und schau nach, was sie machen!«

Er lauschte auf die Geräusche im Frachtraum, und ihm war dabei gar nicht wohl. Da mußte ein großes Teil lose herumkullern, das es um jeden Preis wieder zu trimmen galt.

Das kannte er! Als er noch Erster Offizier gewesen war, hatten sie auf der Ostsee einmal Weinfässer an Bord gehabt, die sich selbständig gemacht hatten, über das Deck gerollt und wie die Furien den Männern nachgejagt waren, die schreiend vor ihnen geflüchtet waren. Einem von ihnen hatte es ein Bein zerquetscht...

»Gilles! Wirf mal einen Blick bei Lenglois rein! Oder lieber nicht. Bleib hier! Ich gehe selbst ...«

Er riß die Tür auf, und seine Augen suchten sofort seine Frau, die immer noch dasaß, über einen Eimer gebeugt, und sich gerade erbrach, während der Funker an seinem Empfangsgerät hing.

»Gibt's was Neues?«

»Die Funkstation von Fécamp fragt nach Einzelheiten. Sie haben Jallus Frau verständigt. Jetzt sitzt sie dort neben dem Apparat ...«

»Was ist mit der *Glynn*?«

»Stellt sich tot!«

»Und der Norweger?«

»Der bittet uns, ihn wissen zu lassen, ob wir es schaffen, die *Françoise* zu bergen, denn dann würde er seine normale Route fortsetzen ...«

Ein ganzer Stapel Papier war mit Strichen und Punkten übersät. Lannec betrachtete Mathilde, die den Schluckauf hatte und ihren Mann nichteinmal zu sehen schien. Die Schale Bouillon stand unberührt auf dem Tisch neben den Funkgeräten.

»Gib weiter unsere Position durch! Man kann nie wissen ... Ihren Sender hat's wohl erwischt, aber vielleicht funktioniert ihr Empfänger noch ...«

Jetzt half nichts als abwarten. Wieder auf der Brücke, konnte Lannec nur vor sich hin stieren. Er hörte, wie eine der Ladeluken geschlossen wurde, und kurz danach übernahm Moinard wieder seinen Platz.

»Milou hat sich den Daumen plattgedrückt; ich hab ihn bei mir untergebracht.«

»Wer ist Milou?«

»Der lange, dünne Matrose, der stottert... Drei Achsen hatten sich losgerissen; wir haben sie festgezurrt, so gut es eben ging.«

Wer mochte Mathilde nur erzählt haben, ihm stehe der Sinn danach, sein Schiff in Amerika wieder zu verkaufen und für immer dort zu bleiben? Für ihn war das ebenso zum Lachen wie zum Weinen. Und dennoch hatte er gespürt, daß seine Frau aufrichtig gewesen war. Irgend jemand hatte diese Geschichte erfunden. Aber warum?

»Siehst du nichts?«

Er meinte ein grünes Licht zu erkennen. Eine Viertelstunde lang zweifelten sie noch, doch dann wurde das Licht deutlich sichtbar, und Lannec rannte in die Funkkabine.

»Frag bei dem Schiff vor uns an, wer sie sind!«

Ein Knistern. Funken. Mathilde, in ihrem Sessel, hatte die Augen geschlossen.

»Antworten sie?«

»Noch nicht.«

Sie öffnete die Lider einen Spalt und betrachtete Lannec, doch ihre Züge verrieten keinerlei Gefühle, nur Erschöpfung. Beinahe hatte er Mitleid mit ihr. Es fehlte nicht viel, und er hätte sie in ihre Kabine tragen lassen, aber genau in diesem Moment antwortete das unbekannte Schiff.

»Es ist der Deutsche... Wollen Sie selbst hören?«

Die *Seeteufel* hatte sie ebenfalls gesehen. Im gleichen rauhen Ton wie zuvor brüllte ihr Funker in den Apparat, sie sollten wegen der Netze einen größeren Abstand einhalten, mindestens eineinhalb Meilen.

Erst das grüne Licht, dann ein weißes, das war alles, was von dem Kutter zu erkennen war, denn man konnte nicht einmal die dunkle Masse des Schiffsrumpfs ausmachen.

»Laß alle Mann an Deck antreten!« sagte Lannec zu Moinard, während er seinen Posten auf der Brücke übernahm. »Hundert Francs Prämie für den, der als erster die *Françoise* entdeckt ...«

Er stopfte eine Pfeife, trank einen Schluck Schnaps und vergewisserte sich, daß der Rudergänger nicht am Steuerrad einnickte.

Sie befanden sich direkt über der Papa-Bank und drohten jeden Augenblick Bug an Bug auf den Havaristen zu stoßen. Es war bitterkalt. Lannec hatte Wasser in seine Stiefel bekommen, und der Hals tat ihm immer mehr weh.

Niemand dachte daran, etwas zu essen; dagegen sprachen sie lebhaft dem Calvados zu, so daß der Campois eine neue Flasche bringen mußte.

Von Zeit zu Zeit knisterte und knackte es in der Kabine von Lenglois, und Lannec stellte sich die Funkstation von Fécamp vor, Jallus Frau, die dort in einer Ecke saß, wahrscheinlich mit ihrem Ältesten, einem Jungen von sechzehn Jahren. Nicht weit davon entfernt lag das ›Café Léon‹, das Stammlokal der Herings- und Kabeljaufischer, in dem es warm war und nach Kaffee mit Rum roch.

Vermutlich ging die Tür unablässig auf und zu. Man lauerte auf die neuesten Meldungen. Alle, die dort versammelt waren, kannten die Papa-Bank und ihre hohlen Seen, die meisten kannten sogar Lannec, von dem man ihnen soeben berichtet hatte, daß er bereits an Ort und Stelle sei.

Niemand sprach. Überall auf der *Himmeldonnerwetter* standen reglose Gestalten, und ihre Blicke durchbohrten die Dunkelheit in der Hoffnung, irgendwo einen noch dunkleren oder auch helleren Fleck zu entdecken.

»Sirene!« befahl Lannec.

War das eben ein Echo? Nach den ersten Heulern schien es ihm, als antworte eine andere Sirene, aber niemand hätte sagen können, woher der Ton kam.

»Suchen Sie weiter nördlich!« schnauzte der Mann von der *Seeteufel* in sein Mikrofon.

Sie suchten überall, im Norden und im Süden, im Osten und im Westen. Dabei hätten sie sich beinahe in den Netzen des Deutschen verfangen, in deren Nähe sie wieder geraten waren, ohne es zu merken. Die *Françoise* mußte doch irgendwo sein! Bisweilen hatten sie den Eindruck, ganz deutlich ihre Sirene zu hören. Stieß die *Himmeldonnerwetter* in einer Richtung nur auf gähnende Leere, so kehrte sie schleunigst wieder um und fuhr mit voller Kraft voraus in eine andere.

»Schieß eine Leuchtrakete ab!«

Das übernahm Moinard, mit aller Vorsicht, denn er erinnerte sich an eine Rakete, die einmal in den Händen eines seiner Offiziere explodiert war. Weil die Luft so feucht war, verbreitete sie am Himmel nur einen trüben Schein, aber kurz danach stieg an Steuerbord ein ähnlicher Schein auf. Die Maschinen wurden gedrosselt. Lannec übernahm selbst das Ruder, und als er hinter sich Mathilde erblickte, schrie er sie an:

»Scher dich doch in deine Koje!«

Er vergewisserte sich nicht, ob sie es wirklich tat. Nach vorn gebeugt starrte er wie gebannt in die Dunkelheit, die Pfeife zwischen den zusammengebissenen Zähnen, die Nerven zum Zerreißen gespannt.

»Sirene!«

Sie tutete lange, und es klang wie ein Versprechen, wie ein vorweggenommener Triumph. Diesmal war es bestimmt kein Echo, sondern ein anderes Schiff, das antwortete.

»Moinard, hast du das gehört?«

»Noch einen Strich Steuerbord!« schrie Moinard, denn das Meer war so laut, daß sie einander kaum verstehen konnten.

Plötzlich kam etwas in Sicht, ein schwarzes Ungetüm, so dicht vor ihnen, daß sie Ruder geben mußten, um es nicht zu rammen. Weniger als eine Kabellänge entfernt fuhren sie daran vorbei. In der schweren See gerieten die beiden Schiffe einen Augenblick gefährlich nahe aneinander, so daß ein Zusammenstoß zu befürchten stand.

»Hast du was erkennen können?«

»Nichts! Der Kutter liegt fast auf der Seite.«

»Lassen wir ein Boot zu Wasser?«

Schweigen. Jeder wußte, was das bedeutet hätte, mitten in der Nacht und bei sieben bis acht Meter hohen Wellen. Lannec besann sich selbst anders.

»Signalisier ihnen mit der Lampe, daß wir an Backbord passieren und eine Leine rüberwerfen ...«

Er schaffte es sogar noch, sich eine Pfeife zu stopfen und sie anzustecken. Dann entdeckte er seine Frau wieder und herrschte sie an:

»Geh doch schlafen, Himmeldonnerwetter!«

Aber sie rührte sich nicht. Sie blieb stehen, klebte förmlich an der Wand, aufrecht, aber wie leblos, man hätte sie für eine nächtliche Schlafwandlerin halten können.

»Ist die Leine klar?« fragte er die Männer unten an Deck.

»Wurfleine klar!«

Er drehte so hart bei, daß die nächste anrollende Welle das halbe Deck überspülte. Das Gespenstische daran war, daß sie alle meinten, über das Tosen des Ozeans hinweg Stimmen zu hören. Und sie wußten, daß das möglich war, weil die menschliche Stimme auf See sehr weit trägt. Sie stellten sich vor, wie die Männer auf der *Françoise* jetzt wie gebannt auf die Lichter der *Himmeldonnerwetter* starrten.

»Warschau!«

Lannec biß die Zähne so fest zusammen, daß sie sich in das Mundstück seiner Pfeife gruben. Er wollte so dicht wie möglich, gewissermaßen fast auf Tuchfühlung passieren. Dabei drohte die Dünung das Schiff gegen den Havaristen zu schleudern, und er hielt aus Leibeskräften das Steuerrad fest.

Der Kutter wurde größer. Jetzt war deutlich zu sehen, daß er erschreckende Schlagseite hatte. Sie meinten Köpfe zu erkennen, Gestalten auf dem Vorschiff, und irgend jemand bemerkte, daß der Schornstein der *Françoise* verschwunden war.

»Werft die Leine rüber!«

»Werft die Leine rüber!« wiederholte Moinard.

»Werft die Leine rüber!« erklang Monsieur Gilles' Stimme wie ein Echo.

Stille. Die Leine hatte das Deck des Kutters nicht erreicht, und sie mußten es von neuem versuchen.

Sie versuchten es noch einmal, zweimal, dreimal. Die *Françoise* schien sich mehr und mehr nach Steuerbord zu neigen. Der schmale Kutter schlingerte beängstigend auf den Wellenkämmen.

»Werft die Leine rüber!«

Der Sturm heulte, und dennoch hatten alle den Seufzer der Erleichterung vernommen. Allerdings war es auch ein Seufzer gewesen, den alle gleichzeitig ausgestoßen hatten. Das Wurfseil hatte Halt gefunden und Lannec schrie:

»Maschine voll zurück!«

Die Stimmen auf der *Françoise* waren jetzt kein Hirngespinst mehr. Sie waren deutlich zu hören. Man konnte sogar einzelne Wörter verstehen, Befehle, die gerufen wurden, während die Männer auf dem Kutter die Wurfleine und die an ihr befestigte Schlepptrosse einholten.

»Alles klar?«

Einmal mehr wandte Lannec sich um und warf seiner Frau, die sich noch immer nicht von der Stelle rührte, einen feindseligen Blick zu.

»Langsam voraus!«

Das Stahlseil spannte sich, aber die *Himmeldonnerwetter* hatte noch keine hundert Meter zurückgelegt, als es mit explosionsartigem Knall riß.

Niemand hätte vorhersagen können, wie der Rest der Nacht verlaufen würde. Was auch immer man zu tun gedachte, man mußte dafür den Tag abwarten. Also erkundigten sie sich mit Hilfe von Lichtsignalen bei der *Françoise*:

»Haltet ihr noch ein paar Stunden durch?«

Antwort: »Wir versuchen es.«

»Habt ihr ein Boot verloren?«

»Wir haben eins mit sechs Mann zu Wasser gelassen.«

»Es muß gekentert sein, denn es wurde leer angetroffen. Was ist mit dem Funker?«

»Wurde samt Kabine und Schornstein über Bord gespült.«

»Habt ihr Wassereinbruch?«

»Wenig. Versucht meine Frau in Fécamp zu benachrichtigen!«

»Sie ist in der Funkstation.«

Jedes Wort, mit der Signallampe gemorst, dauerte Minuten, und bei der Auslegung der Lichtzeichen schlichen sich Fehler ein.

In Lenglois' Kabine diktierte Lannec:

»*Himmeldonnerwetter* an Funkstation von Fécamp ... Wir sind bei der *Françoise* und hoffen sie bei Tagesanbruch zu bergen ...«

»Ist die Besatzung vollzählig?« fragte Lenglois, der seinen Posten nicht verlassen hatte.

»Natürlich nicht, du Dummkopf!«

»Was soll ich hinzufügen?«

»Nichts.«

Wahrscheinlich waren inzwischen außer Madame Jallu auch noch andere Frauen in der Funkstation eingetroffen und bestürmten dort den Funker mit Fragen.

»Sie erfahren die Wahrheit noch früh genug!«

In dieser Nacht blieben alle auf. Jede Minute konnte eine einzige Welle die Männer von der *Françoise* in höchste Gefahr bringen.

»Gehst du jetzt endlich schlafen?« schrie Lannec und reckte den Kopf vor, daß er fast das Gesicht seiner Frau berührte.

Er wollte nicht nachgeben, dennoch tat sie ihm leid, weil sie so kleinlaut in sich zusammensank. Er glaubte, aus ihrem Blick so etwas wie Bewunderung herauszulesen, als wünschte sie sich sehnlich, die Waffen zu strecken.

»Campois! Bring meine Frau in ihre Koje ...«

Man konnte sich kaum auf den Beinen halten, weil das Schiff, das nur wenig Fahrt machte, so heftig schlingerte, und gegen zwei Uhr früh mußten wieder fünf Männer Eisenbahnrädern nachjagen, die sich unten im Laderaum selbständig gemacht hatten.

Von Zeit zu Zeit zog Lannec seine Uhr aus der Tasche. Gegen halb acht begann es zu dämmern. Mal entfernten sie sich ein Stück von der *Françoise*, mal fuhren sie dichter heran. Zwischendurch tauschten sie ein paar Sätze aus.

»Haltet ihr noch durch?«

»Die Männer lösen sich an den Pumpen ab ... Vorsichtshalber haben wir die Feuer gelöscht ...«

Um eine Explosion zu vermeiden, falls das Wasser in den Maschinenraum eindrang. Die Heizer der *Himmeldonnerwetter* tauchten bisweilen kurz an Deck auf und sogen gierig die feuchte, gischtgeschwängerte Luft ein.

An die zehn Mal hatten sie, während sie im Kreis fuhren, die *Seeteufel* gesichtet, und jedes Mal hatte Lenglois den Kapitän gerufen, weil der deutsche Funker mit seiner rauhen Feldwebelstimme darauf beharrte, ihn danach zu fragen, wie es aussah, und ihn immer wieder aufzufordern, er möge ja auf seine Netze Rücksicht nehmen.

9

An Bord der *Himmeldonnerwetter* wurde der anbrechende Tag damit begrüßt, daß in Bechern aus Weißblech schwarzer Kaffee ausgeschenkt wurde; nur den Offizieren brachte der gespenstisch aussehende Campois Keramikschalen.

»Rück eine Flasche Rum raus und laß sie die Runde machen«, sagte Lannec, während er mißmutig den heller werdenden Himmel betrachtete.

Es war jetzt noch kälter als während der Nacht, eine feuchte, schneidende Kälte, und alle hatten vor Müdigkeit gerötete Augen. Das Meer beruhigte sich nicht, im Gegenteil, und je mehr das Morgengrauen von der *Françoise* erkennen ließ, desto düsterer wurden die Gesichter. Der Anblick des manövrierunfähigen Kutters war bedrückend. Seines Schornsteins und des Deckshauses beraubt, sah er nicht mehr wie ein richtiges Schiff aus, und im übrigen verhielt er sich ja schon lange nicht mehr wie ein richtiges Schiff.

Jede Welle hob ihn hoch wie eine Nußschale, trug ihn auf ihrem Kamm hundert, zweihundert Faden weiter und ließ ihn dann so tief hinunterfallen, daß er für eine ganze Weile nicht mehr zu sehen war.

»Was meinst du dazu?« brummte Lannec, ohne sich umzuwenden, weil er genau wußte, daß Moinard dicht hinter ihm stand.

Und Moinard begnügte sich mit einem knappen:

»Tja!«

Sie dachten beide dasselbe, die Mannschaft auch. Lannec hatte wieder das Ruder übernommen und steuerte die *Himmeldonnerwetter* auf den Havaristen zu, um möglichst nahe an ihm vorbeizufahren und sich einen Überblick darüber zu verschaffen, was sie denn versuchen könnten.

Die Matrosen hatten noch ihre Kaffeebecher in der Hand, und es roch nach warmem Rum. Doch die Becher verschwanden wie durch Zauberhand, sobald die Männer auf dem Kutter in Sicht kamen.

Er hatte so starke Schlagseite, daß sich an Deck niemand mehr auf den Beinen halten konnte. Es waren an die zehn Mann, die dort lagen oder kauerten und sich an die Reling oder die Ankerwinde klammerten. Sie hatten alle Schwimmwesten angezogen, weshalb sie erschrekkend unförmig aussahen; und erschreckend war auch ihre Reglosigkeit. Wellen schwappten über die Decksplanken, brachen sich an den Köpfen und Schultern der Männer, die sich noch immer nicht bewegten und nur dem Frachter entgegenstarrten, der langsam näher kam.

In dieser Lage hatten sie wohl schon die Nacht verbracht, und wahrscheinlich begriffen auch sie jetzt, daß es schwierig werden würde, sie zu retten. Es gab einen Augenblick, in dem die Besatzung der *Himmeldonnerwetter* und die der *Françoise* keine fünfzig Meter voneinander entfernt waren, und die Sicht war klar genug, um das hysterische, grimassenhafte Lachen der Schiffbrüchigen zu erkennen, die ihr Wrack vielleicht nicht mehr lebend verlassen würden. Mit gerunzelter Stirn überlegte Lannec, was er am besten unternehmen sollte, als er plötzlich sah, wie sich auf dem Kutter eine Gestalt aufrichtete. Er hörte nichts, weil die See so toste, aber allen an Bord des Dampfers kam es so vor, als dringe ein gellender Schrei bis zu ihnen herüber.

Der Moses, ein hochaufgeschossener, hagerer Junge mit roten Haaren, der unvermutet seinen Platz verlassen hatte, stürzte sich in einem Anfall von Wahnsinn in die Fluten und versuchte zum Frachter zu schwimmen.

Sie hatten ihn kaum einige Sekunden gesehen, ehe er ins Wasser eintauchte, und dennoch würde ihnen allen sein Gesicht für immer in Erinnerung bleiben. Nie würden sie seinen aufgerissenen Mund vergessen, den irren Ausdruck in seinen Augen, die im Wind flatternden Haare.

Die Männer auf der *Françoise* robbten sich dicht an die Reling heran, um zu schauen, was aus ihrem Schiffsjungen wurde.

Eine ganze Weile trug ihn eine heranrollende Woge, und es bestand die Hoffnung, daß sie es gut mit ihm meinte und ihn bis zum Frachter brachte. Seine Arme bewegten sich heftig. Nie hatte ein Mensch so klein und hilflos ausgesehen.

Er war auf zehn Meter herangekommen, vielleicht sogar auf fünf. Drei Rettungsringe wurden ihm zugeworfen, von denen einer in Reichweite von ihm niederging.

Er erwischte ihn nicht. Die Welle brach sich. Der Junge trieb an der Bordwand entlang und geriet ins Kielwasser, während Lannec machtlos das Steuerrad umklammerte.

Dem Schiffsjungen konnte niemand mehr helfen. Kein Boot würde diesem Seegang standhalten.

»Der große Mann neben dem Schornsteinstumpf, der das Gesicht in den Armen vergräbt, ist sein Vater«, erzählte der Fécampois. »Vor zwei Jahren hat er schon mal einen Sohn verloren, vor Neufundland ...«

Lannec drehte sich um, und neben dem Campois entdeckte er Mathilde, die ins Leere stierte. Er wußte nicht, wo sie hergekommen war. Er hatte auch keine Ahnung, wo sie die letzten Stunden verbracht hatte. Sie sah, wie alle, sehr mitgenommen aus, und ein Fieberbläschen entstellte ihre Oberlippe.

»Émile!« rief sie.

Er rührte sich nicht. Einmal mehr umrundete er das Wrack und überlegte, wie er am besten an die Schiffbrüchigen herankommen konnte.

»Émile! ...«

Sie schlotterte. Die brünetten Haare hingen ihr in nassen Strähnen über die Wangen.

»Hör auf mich, Émile! ... Laß uns wegfahren! ... Ich habe Angst! ...«

Er zuckte zusammen. Noch nie hatte er jemanden die letzten drei Worte in einem solchen Ton aussprechen hören. Ihm kam es so vor, als sei das nicht die Stimme seiner Frau gewesen, sondern eine geisterhafte, eine unmenschliche Stimme.

»Halt den Mund!«

»Wir müssen hier weg!«

Moinard, nur einige Schritte von ihnen entfernt, kehrte ihnen den Rücken zu. Der Campois hatte sich aus dem Staub gemacht.

»Verstehst du mich? ... Ich will nicht sterben! ... Émile!...«

Und die ganze Zeit über hatte er das Schiff ohne Schornstein vor Augen, das die Wellen immer weiter abtrieben und das mehr und mehr krängte.

»Schluß jetzt!« brüllte er und stampfte dabei mit dem Fuß auf den Boden.

Würde die Panik am Ende auch noch ihn anstecken? Er ertrug es einfach nicht, daß seine Frau da hinter ihm stand.

»Raus!«

Darauf wurde es noch schlimmer. Wie der Schiffsjunge, der vor Angst ins Wasser gesprungen war, hatte sie die Beherrschung verloren und stürzte sich aufs Steuerrad. Sie versuchte es in die andere Richtung zu drehen und schrie:

»Ich will hier weg! Ich will nach Frankreich zurück, hörst du? Das Schiff gehört mir!... Du weißt genau, daß wir hier umkommen...«

»Moinard!« rief Lannec und bemühte sich dabei, das Zittern in seiner Stimme zu unterdrücken.

Moinard schaute wortlos von einem zum anderen.

»Schaff mir diese Frau vom Hals! Sperr sie ein...«

Doch Moinard rührte sich nicht, während Mathilde, dem Wahnsinn nahe, schrie:

»Ihr seid Mörder! Ja, ihr seid alle Mörder! Ihr wißt genau, daß wir sterben werden, und ihr macht es trotzdem...«

Die Männer an Deck hoben die Köpfe.

»Ich will fort von hier! Ich will es! Ihr habt kein Recht, uns...«

Als Lannec sah, daß sein Erster Offizier sich nicht von der Stelle rührte, ließ er das Ruder los und packte seine Frau an den Schultern.

»Sei still und komm mit ...«

»Ich will, daß wir wegfahren!«

»Tun wir ja. Wir fahren gleich weg ... Aber ich bitte dich, sei jetzt still! ...«

Er schob sie hinaus. Doch sie wehrte sich und kratzte ihn im Gesicht und an den Händen. Er wußte nicht wohin mit ihr. Da brachte er sie schließlich ins Kartenhaus und verriegelte die Tür.

Als er zurückkehrte, war er bleich und stellte sich wortlos wieder ans Steuerrad, das Moinard während seiner Abwesenheit übernommen hatte.

»Das hat uns gerade noch gefehlt«, brummte er, während er nach dem Wrack Ausschau hielt. Und an Moinard gewandt, fragte er: »Was machen wir?«

Um zu einem Ende zu kommen, wäre er imstande gewesen, ein Boot zu Wasser zu lassen, aber das hätte für die Männer, die es bestiegen, gewissermaßen den sicheren Tod bedeutet. Sie konnten weiter um die *Françoise* kreisen und abwarten, bis die See sich beruhigte. Nur, um diese Jahreszeit würde das schlechte Wetter vielleicht acht Tage und länger anhalten.

Es blieb ihnen nichts anderes übrig, als es noch einmal mit einem Schleppseil zu versuchen, das höchstwahrscheinlich genauso reißen würde wie das, mit dem sie es in der Nacht probiert hatten.

Mit vor Müdigkeit trüben Augen und hängenden Schultern tauchte Lenglois auf der Brücke auf und seufzte erschöpft:

»Fécamp meldet sich alle zehn Minuten ... Ich weiß nicht mehr, was ich ihnen sagen soll ...«

Der Tag war angebrochen, auch dort! Léon hatte sein Lokal geöffnet; das Wasser sang wahrscheinlich in der Kaffeemaschine, und die Fischer stapften mit schweren Stiefeln und durchnäßten Rücken hinein.

»Mach das Wurfgerät klar und schieß ihnen noch mal eine Leine rüber!« sagte Lannec zu Moinard. »Und signalisier ihnen alles Nötige ...«

»Hören Sie das?« fragte der Funker.

»Ja, ja ...«

Schon seit gut fünf Minuten! Im Laderaum hatten sich wieder Teile losgerissen, aber es war nicht mehr daran zu denken, ihrer Herr zu werden. Mit Tagesanbruch war der Wind noch stärker geworden, und die See war mit weißem Schaum bedeckt.

Der Funker setzte eine Unschuldsmiene auf, während er sich die Augen nach Mathilde ausschaute, bis er sie endlich entdeckte. Sie drückte sich die Nase an der Scheibe des Kartenhauses platt.

»Mörder!« hatte sie geschrien.

Lannec empfand beinahe Gewissensbisse. Er wollte nun alles so schnell wie möglich hinter sich bringen, denn er traute dem, was er von einer Minute zur nächsten beschließen mochte, selbst nicht mehr so recht.

Wie er fast immer, wenn er im Halbschlaf lag, gleichzeitig auf zwei Ebenen dachte, von denen eine eher einer Traumwelt und die andere der Realität entsprach, so bekam er es, ohne daß er sich dessen bewußt wurde, auch jetzt fertig, sich um zweierlei Dinge gleichzeitig Sorgen zu machen.

Sein Blick ließ nicht von der *Françoise* ab, und er steuerte sein Schiff mit äußerster Besonnenheit. Dennoch nagte in einem anderen Winkel seines Seins nach wie vor ein Problem an ihm.

»Wer konnte ihr das nur erzählt haben?«

Denn letzten Endes war an dem, was sich hier zusammenbraute, ein Unbekannter schuld, der Mathilde eingeredet hatte, ihr Mann wolle das Schiff wieder verkaufen und nicht mehr nach Frankreich zurückkehren!

Natürlich stimmte das nicht! Nie hatte er mit diesem Gedanken auch nur im entferntesten gespielt! Aber seine Frau hatte das auch nicht selbst erfunden ...

Irgend jemand ... War das nicht dieselbe Person, die ihm, Lannec, prophezeit hatte, die *Himmeldonnerwetter* würde ihr Ziel nicht erreichen?

Es kam so weit, daß er jeden in seinem Umkreis verdächtigte: Moinard, Monsieur Gilles, Lenglois, den Bootsmann, ja sogar den Campois ...

Auch Mutter Pitard wurde nicht ausgelassen, ebensowenig wie Oscar Pitard, der ...

»Wurfgerät klar!« rief Moinard von unten.

Manöver wie dieses gelangen ihm sozusagen auf den Zentimeter genau. Er rührte sich nicht vom Fleck, stand fest auf seinen kurzen Beinen, die Hände ans Steuerrad geklammert, den Blick noch starrer als sonst nach vorn gerichtet.

»Maschine langsam voraus ...«, befahl er durchs Sprachrohr.

Er fuhr so nahe an die *Françoise* heran wie nie zuvor. Allen Männern an Deck war beklommen zumute, sie hielten den Atem an. Ein einziger Brecher hätte ausgereicht, und ein Schiff wäre gegen das andere geschleudert worden.

Es entging ihnen nichts mehr von dem, was sich auf der *Françoise* abspielte.

»Es sind fünfzehn Mann«, zählte der Campois. »Dabei müßten es achtundzwanzig sein ...«

Fünfzehn Männer, die auf die Leine warteten, aber vielleicht selbst schon nicht mehr an ihre Rettung glaubten. Auch sie schlotterten! Sie hatten am Morgen keinen heißen Kaffee gehabt, und Lannec sah einen, der gierig aus einer Schnapsflasche trank.

»Wurf!«

Wie eine Peitschenschnur stieg die Leine in den Himmel auf, beschrieb einen Bogen und ging auf dem Deck des Kutters nieder. Halb im Liegen holten die Männer sie ein, griffen nach dem Stahlseil, das an ihrem Ende befestigt war, und machten es an einem Eisenhaken fest.

»Gott steh uns bei ...«, betete Kapitän Lannec leise.

Das war weder Frömmigkeit noch Aberglaube, sondern ein alter Seemannsbrauch. Um nachzusehen, ob das Seil richtig von der Winde abrollte, wandte er sich um, und entdeckte dabei das Gesicht seiner Frau, das immer noch am Bullauge klebte.

Ganz allein im Kartenhaus, aus dem kein Laut herausdrang, schrie und tobte sie.

»Langsam voraus ...«, rief Lannec ins Sprachrohr.

Mathias, unten im Maschinenraum, dürfte schwarz vor Öl und Flugasche gewesen sein, denn er hatte die ganze Nacht über den Bauch des Schiffes nicht verlassen. Von Zeit zu Zeit nur hatte er einen Mann nach oben geschickt, um zu fragen, was es Neues gab.

Der Funker tauchte noch einmal auf.

»Schon wieder der Deutsche ...«

Lannec rührte sich nicht. Er hatte keine Zeit zu verlieren. Er berechnete seinen Kurs und die Geschwindigkeit, um ruckartige Bewegungen zu vermeiden, bei denen das Schleppseil auf jeden Fall wieder gerissen wäre. Wie zum Hohn zog in diesem Moment am Horizont, der im Nebel sehr nahe war, ein Passagierdampfer Richtung Island vorüber und schien von dem, was sich hier abspielte, keine Ahnung zu haben.

»Mach noch ein bißchen langsamer ...«, rief Lannec ins Sprachrohr.

Hinter der *Himmeldonnerwetter* trudelte der manövrierunfähige Kutter wie ein Drachen am Himmel, der seinen Schwanz verloren hat.

Moinard kam wieder herauf. Er warf dem Kapitän einen fragenden Blick zu.

Doch der schüttelte nur den Kopf.

Unmöglich! Sobald sich das Schleppseil spannte, würde es reißen wie das erste.

»Was jetzt?«

»Weiß ich nicht.«

Es war wie ein Alptraum, die fünfzehn Männer auf dem Deck des Kutters zu sehen und sich sagen zu müssen, daß sie vielleicht dem Tod geweiht waren, daß sie, wenn die *Himmeldonnerwetter* wegfuhr, auf keinen Fall mehr eine Chance hatten, noch gerettet zu werden.

»Der Bootsmann beobachtet sie mit dem Fernglas und behauptet, sie seien dabei, den ganzen Schnaps auszutrinken, den sie noch an Bord haben.«

»Um so besser!«

Genau in diesem Moment riß das Schleppseil, und Lannec stiegen vor Wut Tränen in die Augen. Er ließ auf der Stelle das Steuerrad los und trat ein paar Schritte beiseite.

»Fécamp ist wieder dran, Käpt'n!«

»Ja! Erzähl ihnen doch irgend was ... Erzähl ihnen meinetwegen, daß alles klappt oder auch, daß alles schiefgeht ...«

Um zehn Uhr vormittags war es nicht heller als um acht. Immer noch die gleiche Suppe, die Lunge des Meeres, wie der Seefahrer der Antike sie genannt hatte, die Menschen und Dinge mit ihrer geballten Nässe umfing.

Bisweilen gestikulierte einer der Männer auf der *Françoise*, doch man versuchte nichteinmal mehr zu verstehen, was er meinte.

»Sie sind betrunken«, hatte der Bootsmann erklärt.

Der Bootsmann übrigens auch, denn er hatte allein eine ganze Flasche Rum geleert.

Tiefe Besorgnis hatte die Männer auf der *Himmeldonnerwetter* erfaßt, und sie lauschten auf das Gepolter im Laderaum.

»Soll ich runtergehen?« hatte Moinard gefragt und dabei auf die vordere Ladeluke gezeigt.

»Nicht nötig!«

Nein! Es war wirklich nicht nötig, in dieser Hölle, in der Schienenstücke und Achsen lose herumrollten, noch Menschenleben aufs Spiel zu setzen.

»Hör zu, Moinard ...«

Er setzte von neuem an:

»Hör zu, mein lieber Georges... Du bist auch Kapitän... Das Schiff gehört genausogut dir wie mir... Du bleibst hier...«

Moinards Augen begegneten Lannecs verstörtem Blick.

»Ich, ich steig jetzt ins Rettungsboot, mit einem Mann, mit einem Freiwilligen, dann werden wir doch sehen...«

Moinard schüttelte den Kopf.

»Wenn ich es aber will?«

»Es ist unmöglich. Ich weigere mich. Da lasse ich dich eher an Händen und Füßen fesseln...«

»Ja sollen wir denn acht Tage hier zubringen? Dafür reicht nicht einmal unsere Kohle!«

Moinard antwortete nur mit einem Blick Richtung Island. Und, vernünftig betrachtet, hatte er ja recht. Es gab nichts mehr, was sie noch versuchen könnten. Andere Schiffe würden kommen und warten, bis sich der Sturm legte, um die Männer von der *Françoise* zu bergen, falls die *Françoise* bis dahin standhielt.

»Deine Frau hat alle Vorhänge zerrissen.«

Wie eine Hündin, die man eingesperrt hat, hatte Mathilde sich im Kartenhaus auf alles gestürzt, was ihr in die Hände gefallen war. Sie hatte die verblichenen Seidenvorhänge ebenso zerfetzt wie die Seekarten, hatte das Kursdreieck in zwei Teile zerbrochen und die Flasche Calvados auf den Boden geschüttet.

Jetzt weinte sie. Sie lag auf der Sitzbank, und ihr Körper wurde von heftigem Schluchzen geschüttelt.

»Ich kann nicht...«, keuchte Lannec.

Im selben Augenblick ließ ein Schrei ihn jäh herumfahren. Ein Mann war, wie am Morgen der Schiffsjunge mit den roten Haaren, von der *Françoise* gesprungen, als der Frachter gerade ganz dicht an dem Havaristen vorbeifuhr, aber er schwamm mit kraftvollen Stößen.

»Die Rettungsringe ...«

Man warf ihm fünf, sechs Ringe zu, die an dünnen Leinen hingen. Alle Matrosen beugten sich über die Reling, und diesmal geschah das Wunder, der Seemann bekam einen der Ringe zu fassen, und da er seinen eigenen Kräften nicht traute, band er sich an ihm fest, während sich sein Gesicht verzerrte.

»Hievt ihn vorsichtig hoch!«

So behutsam sie auch ans Werk gingen, er stieß trotzdem zweimal an die Bordwand, das eine Mal mit dem Kopf, das zweite Mal mit einer Schulter, und als sie ihn aufs Deck legten, war er ohnmächtig.

Es war der Vater des Jungen. Das Haar auf seinem schmalen Schädel war kurzgeschoren, aber ein acht Tage alter, ebenfalls roter Bart überzog sein Gesicht. Aus dem halbgeöffneten Mund wehte eine Schnapsfahne. Er blutete an der Stirn.

Jetzt gestikulierten die anderen Männer auf der *Françoise* heftig, als ob sie fragen wollten, wie es um ihn stand, und Lannec ließ ihnen signalisieren:

»Er lebt!«

Er bereute es sogleich, denn nun verloren sie vollends die Nerven. Ein zweiter Fischer sprang ins Wasser, nachdem er sich zuvor mit einer ausholenden Gebärde bekreuzigt hatte.

»Hart Steuerbord!« rief Lannec dem Rudergänger zu.

Und schon folgte der dritte. Man sah sie auf dem Wasser treiben und versuchte, sie im Auf und Ab der Wellen nicht aus den Augen zu verlieren.

»Die Rettungsringe ...«

Auf der *Himmeldonnerwetter* liefen die Männer von einer Seite zur anderen, doch vergebens hielten sie nach dem Fischer Ausschau, der sich bekreuzigt hatte und der, wie der Fécampois gesehen haben wollte, unter das Schiff geraten war.

Der dritte klammerte sich an einen Rettungsring, und drüben, auf der *Françoise*, schlug die fieberhafte Erregung in hellen Wahnsinn um. Auf dem schwankenden Wrack richteten sich nun auch die restlichen Männer auf, gestikulierten wild, schrien etwas, was niemand verstand, und stürzten sich in die weißschäumenden Fluten.

»Maschine stop!« befahl Lannec durchs Sprachrohr.

Es war unmöglich, sich gleichzeitig um all die dunklen Gestalten im Wasser zu kümmern, die von den hohen Wellen mal Richtung Schiff gespült, dann wieder von ihm abgetrieben wurden. Die Rettungsringe reichten nicht aus und die Seeleute auch nicht.

»Ruder Steuerbord, immer noch Steuerbord, hart Steuerbord, Himmeldonnerwetter!«

»Der Pott gehorcht nicht mehr ...«

Es war kein Druck mehr auf dem Ruder. Dazu hätten sie wieder Fahrt gewinnen, sich aber von den Schiffbrüchigen entfernen müssen.

»Ich hab einen!« schmetterte ein Matrose, der einen leblosen Körper an Bord gezogen hatte.

Alle tappten blindlings durch Nässe, Chaos und Ungewißheit, und Lannec war der einzige, der sah, wie das nun verlassene Wrack immer näher auf die *Himmeldonnerwetter* zutrieb.

»Achtung, Mathias! ... Mach die Maschine klar! Wir nehmen Fahrt auf, sobald ich dir's sage ...«

Denn Mathias mußte unten im Maschinenraum gewesen sein, weil seine Aufgabe darin bestand, stumm und unsichtbar zu bleiben, aber dennoch alle Befehle, die von der Brücke kamen, zu befolgen.

An Deck herrschte nichts als Gerenne, Gestoße und Geschrei, doch die Worte gingen im Tosen der See unter.

Und immer noch kämpften sich Schiffbrüchige als dunkle Schemen durch die Wellen. Da schoß wieder einer wie von einer Strömung fortgerissen vorüber und entschwand im dichten Nebel. Von allen Seiten ertönten Stimmen, manche ganz nah, andere weiter weg, und dazwischen die Schreie derer, die noch im Wasser trieben.

Plötzlich barsten Fensterscheiben. Lannec wandte sich um und sah seine Frau durch das Bullauge des Kartenhauses klettern und wie von Sinnen Richtung Heck laufen.

»Mathilde!«

Sie hörte ihn nicht. Ob sie vielleicht vollends den Verstand verloren hatte? Sie schien, koste es, was es wolle, vor einer Gefahr zu fliehen, ohne auch nur einen einzigen Blick nach hinten zu werfen.

»Haltet sie auf!«

Niemand kümmerte sich um sie, denn die Männer beugten sich alle über die Reling und zogen Schiffbrüchige an Bord.

Lannec wurde schlagartig klar, daß es ein Unglück geben würde. In seinen Ohren dröhnte noch das Wort:

»Mörder!«

Doch er konnte seinen Platz nicht verlassen. Alles hing jetzt von ihm ab. Er war im Moment der einzige, der noch über das Schiff wachte, und wenn es nicht augenblicklich wieder Fahrt aufnahm, driftete es unweigerlich auf das Wrack zu.

»Maschine langsam voraus, bloß ein paar Umdrehungen ...«, rief er ins Sprachrohr.

Nur soviel, daß es reichte, den Bug in eine andere Richtung zu drehen und den Zusammenstoß mit dem Kutter zu vermeiden.

Mathilde war seinen Blicken entschwunden. Er beugte sich hinunter und hielt nach ihr Ausschau, eben noch rechtzeitig, um zu sehen, wie sie auf die Reling kletterte und sich ins Wasser stürzte.

»Meine Frau! ... Schnell! ...«

Eine Tür flog auf. Ein Mann rannte über das Deck. Noch eine Gestalt ging über Bord, und Lannec konnte gerade noch rufen:

»Maschine stop!«

Lenglois war Mathilde nachgesprungen, während die anderen Männer damit beschäftigt waren, zwei angsterfüllte, an ihren Rettungsringen hängende Seeleute der *Françoise* hochzuziehen.

Lannec weinte nicht. Mit vor Schreck geweiteten Pupillen blickte er sich nach allen Seiten um, und es kostete ihn wahrhaft übermenschliche Willenskraft, die Brücke nicht zu verlassen.

»Mathias, langsam voraus, ein paar Umdrehungen ...«, befahl er noch einmal.

Sonst wäre das Wrack des Kutters im nächsten

Augenblick gegen die Bordwand der *Himmeldonnerwetter* geschleudert worden.

Wie zum Hohn hörte er von weither eine Stimme, denn der Funker hatte die Tür seiner Kabine offengelassen. Es war wieder der Deutsche, der sich in seinem heiseren Tonfall hartnäckig danach erkundigte, was es Neues gab.

»Maschine stop ... Zurück ... Stop!«

Lannec sah, wie auf dem Achterdeck die Männer zusammenliefen und wie Moinard losrannte ...

»Georges ... Georges ...«, schrie er. »Übernimm hier!«

Auf seinem Weg zum Heck zählte er mechanisch drei, vier, fünf, sieben Überlebende, die auf den Decksplanken lagen. Einer von ihnen saß bereits und trank den Schnaps, den der Campois ihm einflößte.

Er stieß gegen Beine, stolperte über Füße. Paul Lenglois kniete am Boden. Er preßte sich beide Hände an die Brust, während er versuchte, wieder zu Atem zu kommen. Neben ihm lag Mathilde, leblos, und aus ihrem halbgeöffneten Mund quoll wässriger Schleim.

10

Hörst du die Glocken?« murmelte Lannec plötzlich, obwohl sie noch ungefähr eine Meile vom Hafen von Reykjavik entfernt waren.

Er hatte es so leise gesagt, und die Worte waren so überraschend gewesen, daß Jallu zusammenzuckte und sich erschrocken nach seinem Freund umdrehte. Sie waren alle am Ende ihrer Nerven, da war nichts unmöglich.

Aber nein! Lannec stand fest auf seinen Beinen, betrachtete die Bojen, die das Fahrwasser markierten, gab dem Rudergänger Befehle, und wenn er von Glocken redete, dann deshalb, weil tatsächlich Glockengeläute zu hören war.

Seit zwei Stunden fuhren sie durch die ruhigen Wasser des Fjords, während ein dämmriger Tag anbrach, in dem alles so rauh und zugleich so tot schien, daß man immerzu meinte, man betrachte die Dinge durch eine Scheibe aus schlechtem Glas. Schon in der Nacht waren am Horizont die weißen Gipfel einer Bergkette vage zu erkennen gewesen, doch da hatte man noch nicht sehen können, wie löchrig und ausgefranst dieses Weiß war. Auf den Bergkämmen und an steilen Hängen deckte der Schnee den Basalt nicht überall zu, und diese bizarre Mischung aus Weiß und Schwarz, ohne Schattierungen, mutete grauenhaft trostlos an.

»Was für ein Wochentag ist heute?« fragte Lannec noch, während er durch sein Fernglas den Hafen beobachtete.

Er sah nur verwaiste Kaianlagen, und auch die Straßen zwischen den spitzgiebeligen Häusern waren menschenleer. Dagegen hielten die Glocken von zwei, drei oder gar fünf Kirchtürmen die reinsten Wechselgesänge ab.

»Kann gut sein, daß Sonntag ist«, antwortete Jallu seufzend.

Er war einen Kopf größer als Lannec, und sein hopfenfarbener Schnurrbart war so lang wie der Schnurrbart eines gallischen Feldherrn. In den Sachen von Monsier Gilles, die ihm zwar lang genug waren, sich aber nicht zuknöpfen ließen, machte er einen jämmerlichen Eindruck. Abgesehen vom Rudergänger, der nur ein mechanisches Dasein führte, waren die beiden Männer allein auf der Brücke.

»Man könnte fast glauben, wir kommen in einen Friedhof«, fuhr Lannec in diesem sanften Ton fort, der in krassem Widerspruch zu seiner Erscheinung stand.

Jallu schauderte. Seit zwei Tagen passierte es ihnen häufig, den beiden Kapitänen ebenso wie den Männern der Besatzung, daß ein Nichts sie aufschreckte, daß es ihnen eiskalt über den Rücken lief, weil es irgendwo knackte oder weil ein Schatten vorüberhuschte.

»Bei uns zu Hause, in Saint Malo, gibt es auch so eine Glocke, die zu läuten anfängt, sobald ein Leichenzug in Sicht kommt... In den Straßen tauchen jetzt ein paar schwarzgekleidete Gestalten auf, schauen aus wie Trauergäste...«

Lannec zuckte mit den Schultern und zündete seine Pfeife an. Dann betrachtete er Jallu aus seinen kleinen Augen, die plötzlich in weite Ferne zu blicken schienen.

Wie hatte er nur in so kurzer Zeit derart viele Dinge bewußt wahrnehmen können? Je mehr Stunden verstrichen und ihn von dem Ereignis trennten, desto verstörter wurde er, denn ihm wurde klar, daß er alles miterlebt, alles gesehen hatte, als ob er überall zugleich gewesen wäre.

So würde er zum Beispiel nie vergessen, wie Jallu auf den Decksplanken gesessen hatte, mit dem Rücken an die Reling gelehnt, inmitten seiner Männer, die genauso vor Nässe getrieft hatten wie er; ein Jallu ohne Mütze, dem die Haare an der Stirn klebten, der Schnurrbart herunterhing und dessen Wangen seit acht Tagen nicht mehr rasiert worden waren; ein Jallu, den man kaum wiedererkannte, der sich plötzlich mit den Händen vom Boden abdrückte, den Hals reckte, um noch einmal einen Blick auf die *Françoise* zu werfen, und dann hemmungslos zu weinen begann.

Es war ein krampfhaftes, stoßweises Schluchzen gewesen, ein so unheimliches, lautes Wehklagen, daß es für einen Augenblick die Aufmerksamkeit von Mathilde abgelenkt hatte.

Lannec hatte auch gesehen ... Er hatte alles gesehen, ohne es sehen zu wollen. Und er sah sich noch immer, wie er neben seiner Frau kauerte, wie Wasser aus ihrem Mund sickerte und hin und wieder Blasen bildete, was Hoffnung aufkommen ließ. Sie hatten ihr das Mieder aufgerissen, und inmitten so vieler finsterer Männer schimmerten ihre nackten Brüste besonders weiß.

»Man muß ihr den Kopf nach unten hängen lassen«, hatte irgend jemand gesagt.

Da dürfte sie schon tot gewesen sein! Doch sie hatten nicht aufgeben wollen, während Lannec seine Frau nur mit trübem Blick betrachtet hatte. Plumpe Hände hatten unaufhörlich auf ihr herumgetatscht. Schließlich war es ihm zuviel geworden.

»Laßt sie in Ruhe!« hatte er geschrien, sich zu ihr hinuntergebeugt und sie hochgehoben.

Er hatte sie selbst in ihre Kabine getragen, wobei er gegen die Wände gestoßen war, weil das Schiff so heftig geschlingert hatte. Die Messe, in der man Rum an die Überlebenden ausschenkte und sie aus ihren nassen Kleidern schälte, war voll von Menschen und Dunstschwaden gewesen. Lannec erinnerte sich auch noch an einen kleinen, dicken Mann, der sich splitternackt und mit klappernden Zähnen so nah wie möglich an die Heizung gestellt hatte.

Dann war alles vorüber gewesen! Der Rumpf der *Françoise* schaukelte verlassen in der Dünung, und Lenglois gab an alle Funkstationen und an alle Schiffe in diesem Gebiet die genaue Position des Wracks durch.

»Verstehst du, Jallu, daß man einem Baby ein großes Glas Schnaps gibt? ... Hör mal, als ich zum erstenmal an Bord bin, mit fünfzehn, da hab ich genau in dem Moment, in dem die Wellen das Schiff langsam hochhoben, die ganzen Frauen auf der Mole stehen sehen, und mitten drin meine Mutter... Da wollte ich mich ins Wasser stürzen. Sie haben mich zu zweit festgehalten, weil ich so wild um mich geschlagen hab ...«

Jallu sagte nichts. Er schüttelte nur höflich den Kopf,

doch auch er hatte seine fixe Idee. Seit zwei Tagen wich einer dem anderen nicht von der Seite, und zehnmal am Tag erzählten sie sich die gleichen Geschichten.

»Dein Schiffsjunge ist als erster ins Wasser gesprungen ... Wie meine Frau das gesehen hat, sind ihr die Nerven durchgegangen, gerissen wie zu straff gespannte Wanten ... Ich behaupte nicht, daß sie den Verstand verloren hat, aber es sieht ganz so aus, als ob ... Und schau mal, wenn man's genau betrachtet, dann geht einem vielleicht auf, daß sie schon in den ersten Tagen nicht ganz bei Sinnen gewesen ist, als sie mir von Marcel erzählt hat ...«

Sie zogen die anderen nicht gern in ihre vertraulichen Gespräche hinein, hielten sich sogar von Moinard fern, der nichts von seiner gewohnten Ruhe eingebüßt hatte und so schweigsam wie eh und je war.

»Sie war eine Pitard und dafür gemacht, wie die Pitards zu leben, in einem Appartement in Caen, über einem Schuhgeschäft! Irgend jemand hat ihr diesen Floh ins Ohr gesetzt. Aber du wirst sehen, ich kriege noch raus, was da dahintergesteckt hat ...«

Seit zwei Tagen und zwei Nächten, in denen die *Himmeldonnerwetter* von einer Seite zur anderen schlingerte, hausten nun schon einige der Überlebenden in der Messe, in der einem allmählich ein Kasernengeruch den Atem nahm. Manche hatten seit ihrer Rettung noch keine drei Sätze gesprochen, sondern brüteten nur dumpf vor sich hin und aßen und tranken. Denn sie futterten alle wie die Scheunendrescher! Man hätte meinen können, sie wollten sich auf diese Weise dafür entschädigen, daß sie den Tod so nahe vor Augen gehabt hatten.

»Ich hätte mich besser nicht selbständig machen sollen...«, seufzte Jallu, wenn er bisweilen einen seiner Männer über das Deck gehen sah.

In solchen Augenblicken war Lannec derjenige, der nicht mehr hinhörte, sondern nur den Kopf schüttelte. Im Grunde jagte jeder seinen eigenen Trugbildern nach.

»Was glaubst du, was sie in Fécamp sagen werden?«

Und nun war Sonntag, die Glocken riefen die Gläubigen zu den Gottesdiensten, und die *Himmeldonnerwetter* lief langsam in den Hafen von Reykjavik ein. Monsieur Gilles war in seinem Ausguck auf dem Vorschiff. Moinard kam, in einen dicken Mantel gehüllt, auf die Brücke und betrachtete mit traurigen Augen die ebenso traurige Landschaft.

»Ob du's glaubst oder nicht, Jallu, aber ich bilde mir ein, sie war drauf und dran, mich wirklich zu lieben... Nur, das Verhängnis war halt, daß sie eine Pitard war... Kannst du das verstehen?«

Er hielt inne und zeigte auf ein Auto, das aus der Stadt kam und am Kai stehenblieb.

»Für uns!«

In dem Moment, in dem sie um die Mole bogen, überblickten sie das ganze Hafenbecken, in dem nur ein englischer Frachter und ein großes Postschiff lagen. Lannec deutete mit dem Finger auf das Postschiff und bemerkte:

»Der ist angekommen!«

Er regte sich nicht auf. Im Gegenteil! Er zuckte mit den Schultern, um deutlich zu machen, daß es ihm gleichgültig war. Als sie schon den Anker ausgeworfen hatten und ein Stück zurücksetzten, rief er dennoch:

»Ist denn keiner da, in diesem unseligen Land?«

Es war verblüffend. Die Straßen jenseits des Hafens waren wie leergefegt, ebenso die Kaianlagen, bis auf das kleine Auto, das zwischen den Eisenbahnschienen stand, ohne daß seine Insassen auch nur daran dachten auszusteigen.

Niemand war da, um der *Himmeldonnerwetter* ihren Liegeplatz anzuweisen! Niemand, der sich der Trossen angenommen hätte!

Und immer noch dieser Kontrast zwischen Weiß und Schwarz, der sie bereits seit vierundzwanzig Stunden begleitete. Nur die Häuser waren bunt gestrichen, die einen in blassem Grün, die anderen in Rosa, aber selbst diese Farben wirkten, so unbegreiflich das auch sein mochte, in dem spärlichen Tageslicht trostlos.

Erst in dem Moment, als ein Matrose, selbst auf die Gefahr hin, sich ein Bein zu brechen, an Land sprang, entstieg dem Auto endlich ein korrekt gekleideter Herr in einem pelzgefütterten Mantel mit Persianerkragen, eine Mütze aus Otterfell auf dem Kopf und Gummigaloschen an den Füßen.

Er trug Handschuhe und griff, um sich nicht schmutzig zu machen, mit aller Vorsicht nach der Trosse und machte sie an einem Poller fest. Dann wartete er.

Lannec hatte sich nicht umgezogen. Er war so geblieben, wie er an Bord herumlief, ohne Hosenträger, ohne falschen Kragen, Jacke und Mantel nicht zugeknöpft und auf dem Kopf seine schmutzigste Mütze. Ehe er die Brücke verließ, goß er sich noch einen großen Calvados ein und reichte auch Jallu ein Glas.

»Auf unser beider Unglück!« scherzte er ohne jede Fröhlichkeit.

Der Laufsteg lag noch nicht richtig, als ein zweiter Mann in einem Gehpelz mit einer ledernen Aktenmappe unterm Arm aus dem Auto sprang und sich hastig der *Himmeldonnerwetter* näherte.

»Mister Elbsjorn, Direktor der Elektrizitätsgesellschaft, die ...«

Mister Elbsjorn, der erste und längere der beiden, sagte das auf englisch, während er auf Lannec zuging, der ihn an Deck empfing und ihm nichteinmal einen Sitzplatz anbot.

»Ich mußte den Gerichtsdiener mitbringen, um die achtundvierzig Stunden Verspätung amtlich feststellen zu lassen ...«

»Lassen Sie doch feststellen, was Sie wollen«, entgegnete Lannec, ohne sich die Mühe zu machen, ebenfalls englisch zu sprechen.

Darauf wandte er sich um und stützte sich mit den Ellbogen auf die Reling. Die Stadt war nicht völlig ausgestorben. Aus einem Holzhaus am Kai strömten grün Uniformierte heraus, Männer, die seltsam steife Mützen aufhatten.

»Der Zoll oder die Polizei«, dachte Lannec.

Gleichgültig holte er die Papiere aus seiner Kammer, und als er wieder an Deck hinaufstieg, betraten die Polizisten gerade das Schiff und verneigten sich ebenso steif wie der Elektrizitätsdirektor.

»Können Sie mir sagen, wo ich einen Bleisarg auftreiben kann?«

»*Bleisack*?« wiederholte einer der Männer, der mehr Tressen an seiner Uniform hatte als die anderen.

Lannec kannte das englische Wort für *Sarg* nicht,

suchte es in seinem Wörterbuch und unterstrich es mit einem Fingernagel, während die Polizisten ihn mißtrauisch betrachteten.

»Morgen ...«, erklärte man ihm. »Heute: Sonntag ... Geschlossen ... Alles geschlossen!«

Von der Messe kamen Überlebende der *Françoise* herauf, in den alten Klamotten, die man ihnen an Bord gegeben hatte und die ihnen nicht paßten. Lannec rauchte seine Pfeife, während sich die Polizei den Formalitäten widmete:

»Wo ist Ihre Konzession für die Beförderung von Passagieren?« fragte ihn eben einer.

»Meine was?«

Da zeigte der Beamte auf all die Männer, die an Bord überzählig waren. Lannec hatte nicht das Herz, sich mit ihm anzulegen. Er hatte aber auch nicht die Geduld, lange Erklärungen abzugeben. Diese Leute, der Gerichtsdiener und der Direktor der Elektrizitätsgesellschaft eingeschlossen, schnüffelten wie die Ratten auf seinem Schiff herum, und plötzlich schrie er den ranghöchsten Polizisten an:

»Ich habe auch keine Konzession für einen Leichenwagen!«

Moinard, scheu und zurückhaltend, versuchte die Dinge ins Lot zu bringen, redete leise auf die Beamten ein und zeigte von Zeit zu Zeit auf seinen Kapitän.

»Laß sie, Georges! Da scheren wir uns doch einen feuchten Dreck drum ...«

Dennoch mußte er sich anständig anziehen, in die Hafenmeisterei und zum Zoll gehen und dem Leiter der Fremdenpolizei einen Besuch abstatten.

»Kommst du mit, Jallu?«

Er vermochte keinen Schritt mehr ohne ihn zu tun, und Jallu folgte ihm trotz seines zu engen Anzugs.

Auf den Kais war der schwarze Boden mit einer dünnen Eisschicht überzogen, die unter den Füßen knackte, während das Straßenpflaster in der Stadt aufreizend weiß schimmerte und wie hohle Steine widerhallte.

Die beiden sahen die Besucher aus den fünf verschiedenen protestantischen Kirchen herauskommen, aber sie drehten sich nicht einmal nach einigen Frauen um, die noch die traditionelle Kopfbedeckung trugen, deren Form an einen römischen Helm erinnerte. Für sie war es ein schwarzes Gewimmel in zu weißen Straßen, und sobald sie die Formalitäten erledigt hatten, hielten sie nach einer Kneipe Ausschau. Die Ladung sollte erst am nächsten Tag gelöscht werden. Alles wurde auf den nächsten Tag verschoben, sogar die Genehmigung für die geretteten Schiffbrüchigen, an Land zu gehen.

Die Gaststätten waren geschlossen. Niemand machte sich die Mühe, auf ihr Klopfen zu antworten. Und die Leute in den Straßen drehten sich mit unverhohlener Neugier nach ihnen um.

»Wetten, daß sie alle an unserem Schiff vorbeimarschieren?«

Lannec täuschte sich nicht. Die Mädchen, die Arm in Arm aus der Kirche gekommen waren, die jungen Burschen, die wie die Pfauen einherstolzierten, die Familien, die Männer in Gehpelzen, sie alle hatten von der Katastrophe, der die *Françoise* zum Opfer gefallen war, gehört und schlenderten in einer regelrechten Prozession zu den Kais.

»Verstehst du, Jallu, weil sie nun einmal eine Pitard war, muß ich sie den Pitards zurückbringen. Trotzdem ...«

Er führte seinen Gedanken nicht zu Ende, zumal er ihm selbst nicht ganz klar war. Es war eher ein verschwommener Eindruck, ein Gefühl, das ihm sagte, Mathilde hätte, wenn die Reise noch ein paar Tage gedauert hätte, eine Lannec werden können.

»Sie kannte mich nicht richtig, mein Lieber! Nach zwei Jahren Ehe war ich ihr noch immer fremd. Und da redet ihr so ein Schuft ein ...«

Auf einem neuangelegten Platz erspähten sie ein Hotel, das ›Hotel Hekla‹. Lannec trat ein, stieß eine Tür zu seiner Rechten auf und entdeckte eine Theke und Flaschen.

»Wir wollen etwas trinken!«

Ein befrackter Kellner stutzte, beriet sich leise mit jemandem in einem Hinterzimmer und kam schließlich zurück, um sie zu bedienen.

»Wenn ich bloß wüßte, wer mir den Brief geschrieben hat! Ich hab dir's ja erzählt ... Das war ziemlich sicher einer von der Besatzung ...«

Sie waren wie alte Frauen, die ihre Marotten pflegten und sich sonst für nichts auf der Welt mehr interessierten. Sie tranken Kartoffelschnaps, der *Aquavit* genannt wurde, verzogen nach jedem Schluck das Gesicht und kauten schleunigst ein paar kleine geräucherte Fische, die man ihnen dazu serviert hatte.

Mittags waren sie noch immer dort, und Jallu murmelte: »Wir müssen noch zum Konsul, daß er unsere Heimfahrt vorbereitet ...«

Lannec war zwar noch nicht betrunken, doch er sprach bereits zu laut und unterstrich seine Worte mit entschiedenen Gebärden.

»Nein, Jallu! Das tust du mir nicht an! Wir haben die Sache gemeinsam durchgestanden, und gemeinsam kehren wir nach Fécamp zurück. Ich werde den Leuten dort schon klarmachen, was ...«

Dennoch vergaß er seinen Bleisarg nicht. Er ließ den Hotelier kommen, der selbst einen Gast herbeiholte, einen Schreiner, der in einem anderen Saal saß.

»Morgen früh finden Sie vielleicht ...«

Zum Mittagessen kehrten sie nicht an Bord zurück, denn sie waren auf Walfleisch versessen, weil Lannec es auf einem Landgang vor zehn Jahren einmal probiert hatte. Der Hotelier ließ es besorgen, und sie konnten sich erst um zwei Uhr zu Tisch setzen. Da war die Flasche *Aquavit* bereits leer.

»Vergessen Sie ja meinen Bleisarg nicht!«

Und an Jallu gewandt fuhr er fort:

»Weißt du, was mich am meisten erschüttert hat? Ihre Brüste, auf die sie alle gestarrt haben. Ich sag's dir noch mal, Jallu, ich erwisch den Kerl schon noch, der das auf dem Gewissen hat ...«

Als er am nächsten Morgen erwachte, hatte man bereits mit dem Löschen der Fracht begonnen, und der Schiffsmakler erwartete ihn seit einer halben Stunde in der Messe, in der es wie in einer Kaserne roch.

Alle Schiffsmakler gleichen einander. Auch die Art und Weise, wie sie französisch sprechen, einem eine Zigarre anbieten und ihre Papiere auf dem Tisch ausbreiten, ist bei allen gleich.

Lannec, noch unrasiert, unterschrieb alles, was man ihm vorlegte, und während er sich, anstatt zu frühstükken, eine Pfeife anzündete, fragte er brummig:

»Haben Sie keine Fracht für Frankreich?«

»Fracht habe ich keine. Aber wenn Sie ein gutes Geschäft machen wollen, dann habe ich das Richtige für Sie: achthundert Tonnen Stockfisch, den Sie fast umsonst kriegen können und der ...«

»Jallu! Moinard!«

Lannec blickte von Zeit zu Zeit auf die Tür, hinter der seine Frau noch immer in ihrer Koje lag.

»Hört euch mal diesen wunderlichen Kauz an! Angeblich soll da ein Geschäft mit Fisch zu machen sein ...«

Er wurde an Deck gerufen, weil bereits jemand einen Sarg brachte. Er erinnerte sich nichteinmal daran, daß er ihn bestellt hatte. Es war der Schreiner aus dem ›Hotel Hekla‹, der mit einem Kollegen gesprochen hatte, und dieser Kollege hatte sich etwas einfallen lassen.

Die Männer an Deck betrachteten den langen Kasten aus poliertem Tannenholz, mit dem die Rollkutscher nichts anzufangen wußten.

»Ist er innen mit Blei ausgekleidet?« fragte Lannec laut.

Und leise flüsterte er dem Campois zu:

»Bring mir was zu trinken.«

»Ihren Milchkaffee?«

»Rum, du Idiot!«

In dem Moment, in dem der Sarg an Bord gehievt werden sollte, eilte ein Zöllner herbei und stoppte die Verladung. Also lief Lannec, so nachlässig gekleidet wie er war, zur Ausfuhrbehörde und erstritt sich in einem Kauderwelsch aus allen möglichen Sprachen die Erlaubnis, den Sarg mitzunehmen.

Doch das war noch nicht alles! Er mußte auch noch zum Gesundheitsamt und sich eine Genehmigung besorgen, damit er Mathildes Leichnam überhaupt nach Frankreich überführen durfte!

Auf den Straßen drehten sich die Leute nach dem Franzosen um, der einmal mehr Zuflucht im ›Hotel Hekla‹ suchte, wo er einige Glas *Aquavit* leerte. Er hatte Jallu an Bord vergessen. Jetzt fehlte ihm sein Vertrauter. Der befrackte Kellner sprach zwar französisch, und er bemühte sich auch, eine Unterhaltung in Gang zu bringen:

»Kennen Sie das ›Claridge‹ in Paris? Dort habe ich zwei Jahre lang gearbeitet, so um 1925 rum ...«

»Kennst du Caen?«

»Nein ...«

Aber da war wohl nichts zu machen! Für das ›Claridge‹ interessierte er, Lannec, sich nun wirklich nicht. Mit jemandem, der Caen kannte, hätte er über das ›Chandivert‹ reden können, über die Rue Saint-Pierre, über seinen Schwager, der ein bekannter Architekt war...

Auf der Straße traf er den Schiffsmakler wieder.

»Was haben meine Kameraden denn zu Ihrem Fisch gesagt?«

»Sie möchten, daß Sie selbst entscheiden.«

»Was soll er kosten?«

»Mit drei Wechseln über fünfzigtausend Francs und einer Bürgschaft...«

»Kommen Sie, trinken sie was mit mir!«

Kaum hatte er das ›Hekla‹ verlassen, da kehrte er mit dem Makler dorthin zurück. Es war für ihn schon ein vertrauter Ort. Er kannte die Theke und die Glasvitrine, in der die Kuchen standen, die mit einer hellen Creme überzogen waren, und er hatte bereits seinen Stammplatz neben dem Fenster, an dem er den rot gewürfelten Vorhang zuzog.

»Sie verlangen nicht sofort Geld von mir?«

»Nein, nur die Garantie Ihrer Bank, weiter nichts. Sie können ja telegrafieren.«

»Wie lange dauert es, bis der Kabeljau verladen ist?«

»Drei Tage. Morgen ist hier Feiertag, da wird nicht gearbeitet. Ihre Fracht ist bis dahin auch noch nicht vollständig gelöscht. Aber übermorgen könnte ein zweiter Trupp Schauerleute ...«

So kam es, daß er, zusammen mit Moinard, für einhundertfünfzigtausend Francs Kabeljau und Heilbutt einkaufte. Für ihn war alles grau in grau, äußerlich wie innerlich. Jedesmal wenn sein Blick auf die Tür zur Kabine seiner Frau fiel, wurde er bleich und empfand das Bedürfnis, etwas zu trinken.

»Jallu, mein Lieber, ich schwöre dir, daß ich nie wieder einen Fuß in dieses unselige Land setze!«

Jallu hatte mit dem Konsul gesprochen, der zugleich Schiffsmakler war und ihm versichert hatte, daß der Kabeljau, den sein Kollege verkaufte, nichts wert sei.

Die Männer von der *Françoise* durften noch immer nicht an Land gehen und lungerten an Deck herum. Alle lungerten herum. Alles zog sich hin. Sie schmierten Jodtinktur auf die Wunden, die sie sich zugezogen hatten, als sie an Bord gehievt worden waren, und die wegen des Salzes und der Kälte nicht heilten. Einer hatte Furunkel bekommen und behandelte sie, sogar mit einem gewissen Stolz, in aller Öffentlichkeit in der Messe.

»Ah, wieder einer, der bald reif ist!« stellte er fest, während er sich in einem zerbrochenen Spiegel betrachtete und an dem Geschwür herumdrückte.

Mathilde wurde in den Bleisarg gelegt, der wegen der Vorschriften in den Frachtraum hinuntergebracht werden mußte. Und Lannec hörte nicht auf, Jallu dann und wann am Revers seiner Jacke zu packen.

»Man sieht es mir nicht an, weißt du, aber ich denke dauernd nach. Ich grüble allein vor mich hin, stundenlang. Allmählich werden mir ein paar Dinge klar...«

Nur, sobald er sie in Worte fassen wollte, verloren sie ihren Sinn. Sie waren zu verschwommen. Er glaubte Zusammenhänge zwischen Personen und Ereignissen zu erkennen. Lag er allein in seiner Kammer, leuchteten sie ihm ein, und ihm schien es, als sei mit wenigen Worten alles gesagt.

»Du kennst Mutter Pitard nicht! Versuch dir so was mal vorzustellen... Sie hat zwei Häuser, verstehst du? Und eine Villa in Riva-Bella, die sie im Sommer vermietet, statt selbst drin zu wohnen... Sie hat einen Sohn, den sie für den intelligentesten Mann auf Erden hält... Und gerade weil sie einen Sohn hat, haßt die Alte im Grunde die Frauen, alle Frauen... Ich glaube, sie hat sogar ihre eigene Tochter gehaßt...«

Das war nicht mehr das, was er eigentlich sagen wollte, und natürlich verstand Jallu kein Wort.

»Nimm einmal an...«

Es ließ sich nicht erklären. Aber er fühlte, daß das, was geschehen war, alles in allem der Kampf zwischen den Pitards und den Lannecs war, der Kampf zwischen dem Appartement über dem Schuhgeschäft in Caen und allen Schiffen, die von Hafen zu Hafen fuhren.

»Wer hat meiner Frau eingeredet, ich würde die *Himmeldonnerwetter* wieder verkaufen? Steh ich denn in einem solchen Ruf? Nein! Also ...«

Und da war noch der anonyme Brief! Das war etwas, was er unbedingt aufklären mußte!

»Jallu, nimm mal an, ich wäre samt Mathilde mit der *Himmeldonnerwetter* abgesoffen ... Dann hätte die alte Pitard geerbt ... Oscar Pitard hätte die ganzen Arbeitersiedlungen bauen können, mit denen er reich und berühmt werden möchte. Denn davon träumt er! Anscheinend sind es die Arbeiterhäuser, die was einbringen, weil die armen Leute ja immer zahlen. Verstehst du, was ich meine?«

An Deck, am hellichten Tag, verstand er es selbst nicht mehr. Da klafften Lücken in seinen Überlegungen. Seinen Gedanken fehlte der Zusammenhang.

Aber im Halbschlaf ...

»Wart's ab, Jallu! Ich kenne deine Frau nicht, aber ich sage dir ...«

Einem Auto, das eben am Kai hielt, entstieg der Konsul.

11

Kannst du dir das vorstellen, Jallu?«

Die *Himmeldonnerwetter* fuhr, um die heftigen Nordwinde zu meiden, auf dem Rückweg in die Normandie um die Südspitze Englands herum. Sie hatten nur an einem von drei Tagen Nebel, und noch nie waren ihnen so viele Schiffe begegnet.

Über die Funkstation von Fécamp hatte Madame Jallu ihrem Mann mitteilen lassen, daß seine jüngste Tochter gerade die Masern hatte, und Jallu war bei dieser Neuigkeit nichteinmal zusammengezuckt.

Darüber würde er sich später Sorgen machen, sobald sie sich der französischen Küste näherten und die Grenzen zwischen dem Leben an Land und dem Leben auf See zu verschwimmen begannen. Aber selbst dann würde er sich in Gedanken wahrscheinlich mehr mit den Frauen beschäftigen, die ihn auf der Mole erwarteten und ihm vielleicht mit der Faust drohten.

Das hatte es schon gegeben! Einem anderen Kapitän, Lazirec, hatte vor zwei Jahren eine Frau, die ihren Sohn von ihm zurückforderte, mit einem Regenschirm ein Auge ausgestochen.

Noch ein Glück, daß wenigstens der Vater des Schiffsjungen mit an Bord war. Wie die anderen spielte er in der zum Krankensaal umfunktionierten Messe den ganzen Tag Karten.

»Wir hätten uns nicht selbständig machen sollen«, jammerte Jallu. »Unsereins taugt bloß was auf den Schiffen der anderen ...«

Selbstverständlich hörte Lannec ihm überhaupt nicht zu. Ihm ging allmählich ein Licht auf. Genaugenommen könnte man sagen, daß ihm alles klar war, seit in diesem verdammten Reykjavik der französische Konsul an Bord aufgetaucht war.

War er nicht gekommen, um zu fragen, ob der Bootsmann frei von allen Verpflichtungen sei und die Heimreise mit dem planmäßigen Postschiff nach Kopenhagen antreten könne?

»Nichts da!« hatte Lannec ihn angeschnauzt. »Der mustert nicht ab! Hat er Sie darum gebeten?«

»Nicht mich. Er wollte bei der Reederei eine Passage buchen, und die Reederei hat mir nahegelegt, mich zu erkundigen ...«

»Na, jetzt wissen Sie ja Bescheid! Er bleibt an Bord der *Himmeldonnerwetter* ...«

Noch etwas, was Lannec undeutlich gefühlt hatte. Es war nicht das erste Mal, daß ihm der Bootsmann nicht ganz geheuer gewesen war, besonders seit er wußte, daß dessen Frau allen Pitards die Karten legte.

»Auf Wiedersehen, Herr Konsul ...«

Mit argloser Miene hatte er sich auf die Suche gemacht und ihn in der schmalen Kammer gefunden, die der Bootsmann sich am Eingang zum Mannschaftslogis eingerichtet hatte. Er war gerade dabei gewesen, seine Habseligkeiten in einen Seesack zu stopfen.

»Sag mal, Bootsmann ...«

Lannec hatte ihn brutal zur Seite gestoßen, den Seesack umgedreht und dessen Inhalt auf dem Boden verstreut.

Dabei kamen nicht weniger als zwanzig Dosen Langusten zum Vorschein, die aus dem Verpflegungsvorrat für die Offiziere stammten.

»Was hast du damit im Sinn gehabt? Und warum willst du dich nach Kopenhagen verdrücken?«

»Ich bin krank...«

»Ich auch! Alle sind krank!«

Ohne viel Federlesens hatte Lannec den übrigen Inhalt des Seesacks durchgestöbert und noch eines seiner eigenen Hemden entdeckt, eins von denen, die er nur anzog, wenn er an Land ging.

»Daraus willst du dir wohl einen neuen Verband machen, was?«

Er hatte dabei nicht gelacht. Der Bootsmann auch nicht.

»Mal sehn, du Wicht, ob wir nicht noch was Interessanteres finden... Und was ist das?«

Triumphierend hatte er eine Flasche veilchenblaue Tinte hochgehalten; eine von diesen Flaschen mit schrägem Hals und wachsversiegeltem Kork, wie sie für zehn Sous in jedem Dorfladen verkauft werden.

»Was soll das schon sein?«

»Was hast du mit dieser Tinte gemacht?«

Da war er sich ganz sicher gewesen. Weitere Beweise hatte er nicht mehr gebraucht. Er war auf den Bootsmann zugegangen und hatte ihn an der Kehle gepackt.

»Gib zu, du Lump, daß du es warst, der mir den Brief ins Kartenhaus gelegt hat! Gib zu, daß du an allem schuld bist!«

Man hatte sie im Mannschaftslogis hören können, wo sechs oder sieben Männer in ihren Kojen dösten, doch das hatte ihn nicht gekümmert.

»Sag mal, welcher Teufel hat dich denn da geritten?«

Lannec hatte ihn losgelassen, und der Bootsmann hatte sich an die Kehle gefaßt und entsetzt die Augen verdreht.

»Raus mit der Sprache, aber schnell, sonst könnte es dir leid tun! Ich bin heut schlecht gelaunt...«

»Ich habe nicht gewußt...«

»Was hast du nicht gewußt?«

»Daß es so ausgehen würde...«

»Erklär das mal genauer!«

»Na, meine Frau, die...«

»Was ist mit deiner Frau?«

»Sie hatte Madame Pitard davon abgeraten, ein Schiff zu kaufen...«

Das war typisch, Pitard in Reinkultur! Er, Lannec, schafft sich einen eigenen Dampfer an! Von achthunderttausend Francs fehlen ihm nur zweihunderttausend, die ihm die Bank vorstreckt. Die Pitard wird lediglich um eine Bürgschaft für dieses Darlehen gebeten, und schon nennt sie das *»ein Schiff kaufen...«*.

»Meine Frau, müssen Sie wissen, die kann das Meer nicht ausstehen... Sie möchte nämlich, daß ich mit dem Fahrrad die Waren ausfahre, die...«

Zu dem Zeitpunkt war man gerade mit dem Verladen der Fracht fertig geworden, an Bord hatte der Zoll darauf gewartet, die letzten Formalitäten abzuwickeln, die Temperatur war an jenem Morgen noch tiefer unter den Gefrierpunkt gesunken, und die Funkstation hatte starken Seegang gemeldet.

»Also, wie war das?«

»Na ja, meine Frau hat aus dem Kaffeesatz gelesen und Madame Pitard klipp und klar gesagt, sie soll sich nicht auf diese Dummheit einlassen ... Doch danach ist sie wiedergekommen und hat erzählt, es sei schon alles unterschrieben ...«

»Und dann?«

»Meine Frau hat nicht zurückstecken wollen und ihr eine Katastrophe prophezeit ...«

Das alles im Hinterzimmer des Lebensmittelladens in der Rue Saint-Pierre, und wahrscheinlich war sie dabei noch unterbrochen worden, sooft die Glocke am Eingang sie zu einer Kundin gerufen hatte!

»Bist du dir ganz sicher, daß sie meiner Schwiegermutter eine Katastrophe prophezeit hat?«

»Ich schwöre es, so wahr mir Gott helfe!«

»Und sie hat trotzdem ihre Tochter mitgeschickt?«

»Ich glaube, Mademoiselle Pitard ... das heißt Madame Lannec hat schon vorher beschlossen gehabt, daß sie mitfährt«, hatte der Bootsmann gestammelt.

»Nur, sie hat sie auch nicht davon abgehalten!«

»Was das angeht ...« Und er hatte mit einer Geste angedeutet, daß das schließlich nicht seine Schuld sei.

Mochte Lannec auch halb betrunken gewesen sein, wie er das seit drei Tagen von morgens bis abends war, so hatte er doch seine Kaltblütigkeit nicht verloren und die Dinge vollkommen klar gesehen, vielleicht sogar noch klarer als gewöhnlich, so wie er sie sonst nur in seinem Halbschlaf sah.

»Dann hat sich die alte Pitard also eine Katastrophe *erhofft* ...«

»Sie hat sich sogar bei mir danach erkundigt, ob ein so altes Schiff einem heftigen Unwetter überhaupt standhalten kann.«

»Und was hast du ihr geantwortet?«

»Daß das ziemlich zweifelhaft sei ... Daß die Schiffswand natürlich schon vom Rost zerfressen sein dürfte und daß ...«

»Moment mal! Der Reihe nach ...«

Lannec hatte den Faden nicht verlieren wollen.

»Also deine Frau hat etwas prophezeit ... Na gut! ... Die Pitard läßt trotzdem ihre Tochter mitfahren, aber ...«

Den Rest des Satzes hatte er sich nur gedacht:

»... aber sie läßt mich ein Testament zugunsten von Mathilde unterschreiben und eine Lebensversicherung abschließen ...«

»Halt den Mund!« hatte er den Bootsmann angeschrien.

Dabei hatte der ihn bloß aufgemacht und noch gar nichts gesagt.

»Warum hast du dich dann anheuern lassen?«

»Weil ich nicht mit dem Fahrrad Waren ausliefern wollte. Ich bin achtundzwanzig Jahre lang auf Segelschiffen gefahren und zehn Jahre auf Dampfern ...«

Lannec hatte nicht einmal gelächelt.

»Aber du hast mir doch einen anonymen Brief hingelegt ...«

Bei diesen Worten war der Bootsmann puterrot geworden.

»Warum?«

»Damit Sie auf der Hut sind ...«

»Das versteh ich nicht.«

»Na ja, nach dem Kaffeesatz ...«

»Was? Glaubst du etwa daran?«

»Kann man's denn wissen?« hatte der Bootsmann gemurmelt.

»Begreifst du das, mein lieber Jallu, mein alter Freund? Seine Frau macht mit Wahrsagerei Geschäfte, und er ist sich nicht sicher, ob er nicht selbst dran glaubt ... Er verkleidet sich als Gespenst, um einen Schinken zu klauen, aber in Hamburg kauft er sich Beschwörungsformeln, die er herunterbetet, wenn er sich Salbe auf seine Brandwunden schmiert. Nur Mutter Pitard, die ...«

Nein, so etwas durfte man dann doch nicht aussprechen! Das waren Dinge, die sie selbst kaum zu denken gewagt, aber dennoch getan hatte, während sie sich gesagt hatte, es würde kommen, wie es kommen mußte!

Was hatte sie schon von einer Tochter, die mit einem Kapitän verheiratet war? Noch dazu mit so einem Kerl, der jedesmal, wenn er an Land kam, schlauer sein wollte als ihr eigener Sohn, als ein Pitard, der doch ein wahrer Gelehrter war!

»Wenn du deinen Mann unbedingt begleiten willst, kann ich dir auch nicht helfen! Im übrigen hast du vielleicht recht. Jetzt, wo er das Schiff und unsere Unterschrift hat, ist er imstande und kommt nicht mehr zurück ...«

Gewiß gibt es mathematische Wahrheiten. Wenn Lannec den Stand eines Sterns berechnete, dann war er sich sicher, daß er sich nicht irrte. Aber hier war er sich noch weitaus sicherer!

»Hat er überhaupt richtig vorgesorgt? Weißt du eigentlich, ob seine Mutter, falls ihm etwas zustoßen sollte, nicht hergeht und das Schiff verkaufen läßt, um seinen Anteil einzustreichen?«

Denn bei der ganzen Geschichte spielte auch Mutter Lannec eine Rolle, eine alte Frau, die noch die bretonische Haube trug, in einem winzigen Haus in Paimpol wohnte und der er jeden Monat sechshundert Francs schickte ...

Ein Dorn im Auge der Pitards! Sechshundert Francs, die ...

Und so erklärte sich auch die Sache mit der Versicherung!

»Hör zu, Bootsmann«, hatte Lannec ihm gesagt, »ich reiß mich zusammen, daß ich dir nicht die Fresse einschlage, aber ...«

Aber der Bootsmann war auch nur ein armer Tropf, den seine Frau nach achtunddreißig Jahren auf See mit dem Fahrrad Gemüse ausfahren schicken wollte. Er war zum Erbarmen! Er zog den Kopf ein!

»Glaubst du denn an diesen Firlefanz?«

Ohne ein Wort zu sagen, hatte der Bootsmann auf ein Hufeisen gezeigt, das aus seinem Seesack herausgefallen war.

»Ich wollte Sie warnen ...«

Das war ein bißchen geflunkert. Er hatte vor allem Angst machen wollen, so wie er dem Fécampois Angst gemacht hatte, um sich für seine eigene Angst zu rächen.

»Du bist ein Dreckskerl!« hatte Lannec ernst gesagt,

als er aus der kleinen Kammer, in der ein heilloses Durcheinander herrschte, hinausgegangen war.

Er hatte ihm nichteinmal mit der Faust ins Gesicht geschlagen.

»Weißt du«, erklärte er Jallu, »man kann sich schon selbständig machen, wenn man das Geld dazu hat. Aber was man nicht tun darf, ist...«

Er wurde rot und gab, ohne daß es notwendig gewesen wäre, dem Rudergänger eine Anweisung, nur um etwas zu sagen.

»Trotzdem, wenn es nicht so schnell gegangen wäre...«

Er erinnerte sich vor allem an Mathildes Stimme, an ihre Augen, als sie ihn angefleht hatte:

»Émile!... Hör auf mich!... Ich habe Angst...«

Das Verhängnis war, daß sie eine Pitard war und daß er nicht auf sie gehört hatte...

Denn trotz aller Marcels aus einem ›Chandivert‹ und trotz dieses Architekten von einem Bruder...

»Ich werd dir was verraten, was du niemandem weitererzählen darfst. Das bleibt für immer und ewig unter uns, nicht wahr? Also jetzt, jetzt liebe ich sie, diese...«

Diese... Diese...

Diese was?

Er sah wieder ihren Mund vor sich, aus dem das Wasser quoll, wie aus dem Mund eines echten Seemanns, der über Bord gegangen ist, und ihre Brüste, auf denen die Männer herumtatschten, nicht weil es der Busen einer Frau war, sondern weil sie verbissen versuchten, in ihm wieder Leben zu erwecken.

»Sie war vielleicht ein besserer Mensch als ich, Jallu, und dieses Weibsstück von einer Mutter hat ...«

Als der Augenblick gekommen war, in dem die Trauergäste auf dem Friedhof von Caen mit einer kleinen Schaufel Erde ins Grab werfen sollten, da stellten sie fest, daß Lannec verschwunden war. Um keine Verwirrung aufkommen zu lassen, trat Madame Pitard vor, ergriff mit fester Hand die Schaufel und reichte sie an ihren Sohn weiter.

»Wir essen in kleinem Kreis, ganz schlicht, bei uns zu Hause ...« raunte sie einigen Verwandten und Freunden zu, während man die anderen an der Friedhofspforte auf den Autobus warten ließ.

Lannec, der einen zu steifen und zu hohen Kragen trug und dem das Blut in den Schläfen hämmerte, nahm ganz allein im ›Chandivert‹ Platz, genau dort, wo er Mathilde zum erstenmal gesehen hatte. Zufällig spielte die Kapelle *An der schönen blauen Donau*, wie damals in Hönningsvaag, wo so hübsche Ungarinnen gewesen waren.

Plötzlich fiel der Blick des Geigers auf den Seemann in Trauer, und für einen Augenblick setzte er mitten im Spiel aus, um es dann in schnellerem Rhythmus zu beenden.

Marcel hatte Schiß! Seine erschrockenen Augen suchten nach Beistand. Doch dieser Beistand kam wiederum von Lannec, dessen Miene ihm zu verstehen gab:

»Hab keine Angst!«

Er war bleich. Seine Augen waren gerötet. Die Melone, die er sich für diesen Anlaß gekauft hatte, stand ihm nicht.

Doch sein fast unmerkliches Kopfschütteln schien zu wiederholen:

»Hab keine Angst! Ich tu dir schon nichts!«

Was hätte er auch einem armen Kerl wie dem tun sollen?

Marsilly, ›La Richardière‹, Sommer 1932

Georges Simenon im Diogenes Verlag

● Romane

Drei große Romane. Der Mörder / Der große Bob / Drei Zimmer in Manhattan. Deutsch von Linde Birk und Lothar Baier. detebe 21596
Brief an meinen Richter. Roman. Deutsch von Hansjürgen Wille und Barbara Klau detebe 20371
Der Schnee war schmutzig. Roman. Deutsch von Willi A. Koch. detebe 20372
Die grünen Fensterläden. Roman. Deutsch von Alfred Günther. detebe 20373
Im Falle eines Unfalls. Roman. Deutsch von Hansjürgen Wille und Barbara Klau. detebe 20374
Sonntag. Roman. Deutsch von Hansjürgen Wille und Barbara Klau. detebe 20375
Bellas Tod. Roman. Deutsch von Elisabeth Serelmann-Küchler. detebe 20376
Der Mann mit dem kleinen Hund. Roman. Deutsch von Stefanie Weiss. detebe 20377
Drei Zimmer in Manhattan. Roman. Deutsch von Linde Birk. detebe 20378
Die Großmutter. Roman. Deutsch von Linde Birk. detebe 20379
Der kleine Mann von Archangelsk. Roman. Deutsch von Alfred Kuoni. detebe 20584
Der große Bob. Roman. Deutsch von Linde Birk. detebe 20585
Die Wahrheit über Bébé Donge. Roman. Deutsch von Renate Nickel. detebe 20586
Tropenkoller. Roman. Deutsch von Annerose Melter. detebe 20673
Ankunft Allerheiligen. Roman. Deutsch von Eugen Helmlé. detebe 20674
Der Präsident. Roman. Deutsch von Renate Nickel. detebe 20675
Der kleine Heilige. Roman. Deutsch von Trude Fein. detebe 20676
Der Outlaw. Roman. Deutsch von Liselotte Julius. detebe 20677
Die Glocken von Bicêtre. Roman. Neu übersetzt von Angela von Hagen. detebe 20678
Der Verdächtige. Roman. Deutsch von Eugen Helmlé. detebe 20679
Die Verlobung des Monsieur Hire. Roman. Deutsch von Linde Birk. detebe 20681
Der Mörder. Roman. Deutsch von Lothar Baier. detebe 20682
Die Zeugen. Roman. Deutsch von Anneliese Botond. detebe 20683
Die Komplizen. Roman. Deutsch von Stefanie Weiss. detebe 20684
Die Unbekannten im eigenen Haus. Roman. Deutsch von Gerda Scheffel. detebe 20685
Der Ausbrecher. Roman. Deutsch von Erika Tophoven-Schöningh. detebe 20686
Wellenschlag. Roman. Deutsch von Eugen Helmlé. detebe 20687
Der Mann aus London. Roman. Deutsch von Stefanie Weiss. detebe 20813
Die Überlebenden der Télémaque. Roman. Deutsch von Hainer Kober. detebe 20814
Der Mann, der den Zügen nachsah. Roman. Deutsch von Walter Schürenberg. detebe 20815
Zum Weißen Roß. Roman. Deutsch von Trude Fein. detebe 20986
Der Tod des Auguste Mature. Roman. Deutsch von Anneliese Botond detebe 20987
Die Fantome des Hutmachers. Roman Deutsch von Eugen Helmlé. detebe 21001
Die Witwe Couderc. Roman. Deutsch von Hanns Grössel. detebe 21002
Schlußlichter. Roman. Deutsch von Stefanie Weiss. detebe 21010
Die schwarze Kugel. Roman. Deutsch von Renate Nickel. detebe 21011
Die Brüder Rico. Roman. Deutsch von Angela von Hagen. detebe 21020
Antoine und Julie. Roman. Deutsch von Eugen Helmlé. detebe 21047
Betty. Roman. Deutsch von Raymond Regh. detebe 21057
Die Tür. Roman. Deutsch von Linde Birk detebe 21114
Der Neger. Roman. Deutsch von Linde Birk. detebe 21118
Das blaue Zimmer. Roman. Deutsch von Angela von Hagen. detebe 21121
Es gibt noch Haselnußsträucher. Roman Deutsch von Angela von Hagen. detebe 21192
Der Bürgermeister von Furnes. Roman Deutsch von Hanns Grössel. detebe 21209
Der Untermieter. Roman. Deutsch von Ralph Eue. detebe 21255
Das Testament Donadieu. Roman. Deutsch von Eugen Helmlé. detebe 21256
Die Leute gegenüber. Roman. Deutsch von Hans-Joachim Hartstein. detebe 21273
Die Katze. Roman. Deutsch von Angela von Hagen. detebe 21378
Weder ein noch aus. Roman. Deutsch von Elfriede Riegler. detebe 21304
Auf großer Fahrt. Roman. Deutsch von Angela von Hagen. detebe 21327
Der Bericht des Polizisten. Deutsch von Markus Jakob. detebe 21328

Die Zeit mit Anaïs. Roman. Deutsch von Ursula Vogel. detebe 21329
Der Passagier der Polarlys. Roman. Deutsch von Stefanie Weiss. detebe 21377
Die Schwarze von Panama. Roman. Deutsch von Ursula Vogel. detebe 21424
Das Gasthaus im Elsaß. Roman. Deutsch von Angela von Hagen. detebe 21425
Das Haus am Kanal. Roman. Deutsch von Ursula Vogel. detebe 21426
Der Zug. Roman. Deutsch von Trude Fein detebe 21480
Striptease. Roman. Deutsch von Angela von Hagen. detebe 21481
45° im Schatten. Roman. Deutsch von Angela von Hagen. detebe 21482
Die Eisentreppe. Roman. Deutsch von Angela von Hagen. detebe 21557
Das Fenster der Rouets. Roman. Deutsch von Stefanie Weiss. detebe 21558
Die bösen Schwestern von Concarneau Roman. Deutsch von Ingrid Altrichter detebe 21559
Der Sohn Cardinaud. Roman. Deutsch von Linde Birk. detebe 21598
Der Zug aus Venedig. Roman. Deutsch von Liselotte Julius. detebe 21617
Weißer Mann mit Brille. Roman. Deutsch von Ursula Vogel. detebe 21635
Der Bananentourist. Roman. Deutsch von Barbara Heller. detebe 21679
Monsieur La Souris. Roman. Deutsch von Renate Heimbucher-Bengs. detebe 21681
Der Teddybär. Roman. Deutsch von Ingrid Altrichter. detebe 21682
Die Marie vom Hafen. Roman. Deutsch von Ursula Vogel. detebe 21683
Der reiche Mann. Roman. Deutsch von Stefanie Weiss. detebe 21753
»... die da dürstet.« Roman. Deutsch von Irène Kuhn. detebe 21773
Vor Gericht. Roman. Deutsch von Linde Birk detebe 21786
Der Umzug. Roman. Deutsch von Barbara Heller. detebe 21797
Der fremde Vetter. Roman. Deutsch von Stefanie Weiss. detebe 21798
Das Begräbnis des Monsieur Bouvet. Roman. Deutsch von H.J. Solbrig. detebe 21799
Die schielende Marie. Roman. Deutsch von Eugen Helmlé. detebe 21800
Die Pitards. Roman. Deutsch von Ingrid Altrichter. detebe 21857
Das Gefängnis. Roman. Deutsch von Michael Mosblech. detebe 21858
Malétras zieht Bilanz. Roman. Deutsch von Irmgard Perfahl. detebe 21893
Das Haus am Quai Notre-Dame. Roman Deutsch von Eugen Helmlé. detebe 21894
Der Neue. Roman. Deutsch von Ingrid Altrichter. detebe 21895

● Maigret-Romane und -Erzählungen

Weihnachten mit Maigret. Zwei Romane und eine Erzählung. Leinen
Der Goldene Gelbe 88. Einmalige Sonderausgabe. Enthält folgende Romane: Maigret amüsiert sich / Mein Freund Maigret / Maigret und die junge Tote. Deutsch von Renate Nickel, Annerose Melter und Raymond Regh detebe 21697
Maigrets erste Untersuchung. Roman Deutsch von Roswitha Plancherel detebe 20501
Maigret und Pietr der Lette. Roman. Deutsch von Wolfram Schäfer. detebe 20502
Maigret und die alte Dame. Roman. Deutsch von Renate Nickel. detebe 20503
Maigret und der Mann auf der Bank. Roman. Deutsch von Annerose Melter. detebe 20504
Maigret und der Minister. Roman. Deutsch von Annerose Melter. detebe 20505
Mein Freund Maigret. Roman. Deutsch von Annerose Melter. detebe 20506
Maigrets Memoiren. Roman. Deutsch von Roswitha Plancherel. detebe 20507
Maigret und die junge Tote. Roman. Deutsch von Raymond Regh. detebe 20508
Maigret amüsiert sich. Roman. Deutsch von Renate Nickel. detebe 20509
Hier irrt Maigret. Roman. Deutsch von Elfriede Riegler. detebe 20690
Maigret und der gelbe Hund. Roman Deutsch von Raymond Regh. detebe 20691
Maigret vor dem Schwurgericht. Roman. Deutsch von Wolfram Schäfer. detebe 20692
Maigret als möblierter Herr. Roman Deutsch von Wolfram Schäfer. detebe 20693
Madame Maigrets Freundin. Roman Deutsch von Roswitha Plancherel detebe 20713
Maigret kämpft um den Kopf eines Mannes Roman. Deutsch von Roswitha Plancherel. detebe 20714
Maigret und die kopflose Leiche. Roman. Deutsch von Wolfram Schäfer. detebe 20715
Maigret und die widerspenstigen Zeugen Roman. Deutsch von Wolfram Schäfer detebe 20716
Maigret am Treffen der Neufundlandfahrer Roman. Deutsch von Annerose Melter detebe 20717
Maigret bei den Flamen. Roman. Deutsch von Claus Sprick. detebe 20718
Maigret und das Schattenspiel. Roman Deutsch von Claus Sprick. detebe 20734

Maigret und die Keller des Majestic. Roman Deutsch von Linde Birk. detebe 20735
Maigret contra Picpus. Roman. Deutsch von Hainer Kober. detebe 20736
Maigret läßt sich Zeit. Roman. Deutsch von Sibylle Powell. detebe 20755
Maigrets Geständnis. Roman. Deutsch von Roswitha Plancherel. detebe 20756
Maigret zögert. Roman. Deutsch von Annerose Melter. detebe 20757
Maigret und die Bohnenstange. Roman Deutsch von Guy Montag. detebe 20808
Maigret und das Verbrechen in Holland Roman. Deutsch von Renate Nickel detebe 20809
Maigret und sein Toter. Roman. Deutsch von Elfriede Riegler. detebe 20810
Maigret beim Coroner. Roman. Deutsch von Wolfram Schäfer. detebe 20811
Maigret, Lognon und die Gangster. Roman. Deutsch von Wolfram Schäfer. detebe 20812
Maigret und der Gehängte von Saint-Pholien Roman. Deutsch von Sibylle Powell detebe 20816
Maigret und der verstorbene Monsieur Gallet Roman. Deutsch von Roswitha Plancherel detebe 20817
Maigret regt sich auf. Roman. Deutsch von Wolfram Schäfer. detebe 20820
Maigret und der Treidler der »Providence« Roman. Deutsch von Claus Sprick detebe 21029
Maigrets Nacht an der Kreuzung. Roman Deutsch von Annerose Melter detebe 21050
Maigret hat Angst. Roman. Deutsch von Elfriede Riegler. detebe 21062
Maigret gerät in Wut. Roman. Deutsch von Wolfram Schäfer. detebe 21113
Maigret verteidigt sich. Roman. Deutsch von Wolfram Schäfer. detebe 21117
Maigret erlebt eine Niederlage. Roman Deutsch von Elfriede Riegler detebe 21120
Maigret und der geheimnisvolle Kapitän Roman. Deutsch von Annerose Melter detebe 21180
Maigret und die alten Leute. Roman Deutsch von Annerose Melter. detebe 21200
Maigret und das Dienstmädchen. Roman Deutsch von Hainer Kober. detebe 21220
Maigret im Haus des Richters. Roman Deutsch von Liselotte Julius. detebe 21238
Maigret und der Fall Nahour. Roman Deutsch von Sibylle Powell. detebe 21250
Maigret und der Samstagsklient. Roman Deutsch von Angelika Hildebrandt-Essig detebe 21295
Maigret in New York. Roman. Deutsch von Bernhard Jolles. detebe 21308
Maigret und die Affäre Saint-Fiacre Roman. Deutsch von Werner De Haas detebe 21373
Maigret stellt eine Falle. Roman. Deutsch von Angela von Hagen. detebe 21374
Sechs neue Fälle für Maigret. Erzählungen Deutsch von Elfriede Riegler. detebe 21375
Maigret in der Liberty Bar. Roman. Deutsch von Angela von Hagen. detebe 21376
Maigret und der Spion. Roman. Deutsch von Hainer Kober. detebe 21427
Maigret und die kleine Landkneipe. Roman Deutsch von Bernhard Jolles und Heide Bideau. detebe 21428
Maigret und der Verrückte von Bergerac Roman. Deutsch von Hainer Kober detebe 21429
Maigret, die Tänzerin und die Gräfin Roman. Deutsch von Hainer Kober detebe 21484
Maigret macht Ferien. Roman. Deutsch von Markus Jakob. detebe 21485
Maigret und der hartnäckigste Gast der Welt Sechs Fälle für Maigret. Deutsch von Linde Birk und Ingrid Altrichter. detebe 21486
Maigret verliert eine Verehrerin. Roman Deutsch von Ingrid Altrichter. detebe 21521
Maigret in Nöten. Roman. Deutsch von Markus Jakob. detebe 21522
Maigret und sein Rivale. Roman. Deutsch von Ingrid Altrichter. detebe 21523
Maigret und die schrecklichen Kinder Roman. Deutsch von Paul Celan detebe 21574
Maigret und sein Jugendfreund Roman. Deutsch von Markus Jakob detebe 21575
Maigret und sein Revolver. Roman. Deutsch von Ingrid Altrichter. detebe 21576
Maigret auf Reisen. Roman. Deutsch von Ingrid Altrichter. detebe 21593
Maigret und die braven Leute. Roman Deutsch von Ingrid Altrichter. detebe 21615
Maigret und der faule Dieb. Roman. Deutsch von Stefanie Weiss. detebe 21629
Maigret und die verrückte Witwe. Roman Deutsch von Michael Mosblech. detebe 21680
Maigret und sein Neffe. Roman. Deutsch von Ingrid Altrichter. detebe 21684
Maigret und Stan der Killer. Vier Fälle für Maigret. Deutsch von Inge Giese und Eva Schönfeld. detebe 21741
Maigret und das Gespenst. Roman. Deutsch von Barbara Heller. detebe 21760
Maigret in Kur. Roman. Deutsch von Irène Kuhn. detebe 21770

Madame Maigrets Liebhaber. Vier Fälle für Maigret. Deutsch von Ingrid Altrichter, Inge Giese und Josef Winiger. detebe 21791
Maigret und der Clochard. Roman. Deutsch von Josef Winiger. detebe 21801
Maigret und Monsieur Charles. Roman Deutsch von Renate Heimbucher-Bengs detebe 21802
Maigret und der Spitzel. Roman. Deutsch von Inge Giese. detebe 21803
Maigret und der einsamste Mann der Welt Roman. Deutsch von Ursula Vogel detebe 21804
Maigret und der Messerstecher. Roman Deutsch von Josef Winiger. detebe 21805
Maigret hat Skrupel. Roman. Deutsch von Ingrid Altrichter. detebe 21806
Maigret in Künstlerkreisen. Roman. Deutsch von Ursula Vogel. detebe 21871
Maigret und der Weinhändler. Roman Deutsch von Hainer Kober. detebe 21872

● Erzählungen

Der kleine Doktor. Erzählungen. Deutsch von Hansjürgen Wille und Barbara Klau detebe 21025
Emil und sein Schiff. Erzählungen Deutsch von Angela von Hagen. detebe 21318
Die schwanzlosen Schweinchen. Erzählungen Deutsch von Linde Birk. detebe 21284
Exotische Novellen. Deutsch von Annerose Melter. detebe 21285
Meistererzählungen. Deutsch von Wolfram Schäfer u.a. detebe 21620

● Reportagen

Die Pfeife Kleopatras. Reportagen aus aller Welt. Deutsch von Guy Montag detebe 21223
Zahltag in einer Bank. Reportagen aus Frankreich. Deutsch von Guy Montag detebe 21224

● Biographisches

Intime Memoiren und Das Buch von Marie-Jo. Deutsch von Hans-Joachim Hartstein, Claus Sprick, Guy Montag und Linde Birk detebe 21216
Stammbaum. Pedigree. Autobiographischer Roman. Deutsch von Hans-Joachim Hartstein. detebe 21217
Simenon auf der Couch. Fünf Ärzte verhören den Autor sieben Stunden lang. Deutsch von Irène Kuhn. detebe 21658

Außerdem liegen vor:
Stanley G. Eskin
Simenon. Eine Biographie. Mit zahlreichen bisher unveröffentlichten Fotos, Lebenschronik, Bibliographie, ausführlicher Filmographie, Anmerkungen, Namen- und Werkregister. Aus dem Amerikanischen von Michael Mosblech. Leinen
Über Simenon. Zeugnisse und Essays von Patricia Highsmith bis Alfred Andersch. Mit einem Interview, mit Chronik und Bibliographie. Herausgegeben von Claudia Schmölders und Christian Strich. detebe 20499
Das Simenon Lesebuch. Erzählungen, Reportagen, Erinnerungen. Herausgegeben von Daniel Keel. detebe 20500